DES SIRÈNES

DE LA MÊME AUTEURE

Aux Éditions Zoé

Vue mer, 2020

Chez d'autres éditeurs

Au septième ciel, Anthologie des scènes d'amour dans la littérature française, Stock, 2001

Comme neige, Buchet-Chastel, coll. « Qui Vive », 2016

La mesure des larmes, La passe du vent, coll. « Pépites », 2020

COLOMBE BONCENNE

DES SIRÈNES

ZOE

*L'auteure a bénéficié pour l'écriture de ce livre
du Programme de résidences d'écrivains de la Région Île-de-France.
Elle remercie la librairie De beaux lendemains à Bagnolet
qui l'a accueillie dans ce cadre.*

www.editionszoe.ch
Maquette de couverture : Notter et Vigne
Illustration : © Pyke Koche, *Daphné* (détail), 1948
ISBN 978-2-88907-000-8

*Les Éditions Zoé bénéficient du soutien de
la République et Canton de Genève,
et de l'Office fédéral de la culture.*

« Telle loin se noie une troupe
De sirènes mainte à l'envers »

Stéphane Mallarmé, *Poésies,* « Salut »

à Irène, Guyonne, Armelle et Diane de M.

à mes frères

I

1.

Je revenais de chez Farell. Nous nous étions rencontrés trois ans auparavant, lors d'un festival de documentaires. J'y présentais mon travail sur Clipperton, l'île déserte de possession française appelée île de la Passion, premier volet d'une série que je comptais réaliser sur les îles. Farell, un scénariste canadien, vivait sur l'île de Bowen en face de Vancouver. Ce tropisme îlien a fait office de début. Pour le reste, il n'y a rien eu d'autre à expliquer qu'une évidence amoureuse immédiate, doublée d'un désir inouï. Nous n'avions alors ni l'un ni l'autre de solides attaches affectives et ne souhaitions pas en établir de trop contraignantes. Nous nous donnions des rendez-vous en fonction de nos déplacements, ainsi lors de mon dernier séjour au Canada. Nous nous étions rejoints à Montréal où avait lieu mon intervention puis avions rejoint la Colombie-Britannique et l'île de Farell.

À mon retour, ma mère m'a parlé de ses croûtes sur les jambes, elle me les a décrites comme des petites îles noires.

Elle attendait le résultat d'examens sanguins et tout s'est accéléré à leur réception. En quelques jours le syndrome est devenu une leucémie et le mot chimiothérapie a été prononcé. On se préparait à quelque chose de long. Évidemment, ma mère ne pourrait pas se faire soigner sur l'île bretonne où elle avait élu domicile. Tout aussi évidemment, je lui ai dit de venir chez moi, nous trouverions l'hôpital adapté et, entre les traitements, nous pourrions cohabiter, j'avais la place dans mon appartement.

Je suis allée la chercher sur son île. Durant toute une semaine, nous avons préparé la maison à son absence, rangé, trié, emballé. Nous nous sommes aussi beaucoup promenées. Chaque balade avait le ton d'un adieu, c'était beau et tragique. Le paysage que nous aimions tant l'une et l'autre s'offrait à nous dans des magnifiques lumières d'hiver. Les plages blanches et roses parsemées de joncs, bouquets verts éclatants. Le schiste argenté, ses avancées sombres et griffues sur la mer *glaz*. Le ciel Turner. La maison Hopper. Le vent nous faisait monter des larmes qui perlaient au coin de nos yeux et séchaient en s'écoulant, laissant de petits traits blancs horizontaux parmi les pattes d'oie que nous avions toutes les deux marquées.

À la pointe ouest, sur la lande rase qui couvre les falaises escarpées, face à l'océan étale, nous nous sommes prises dans les bras.

Un soir, je lui ai demandé si elle avait peur et ne lui ai pas avoué que moi, j'étais terrorisée.

Nous sommes parties le matin même de l'hospitalisation. Nous avons fait la traversée sur le pont, malgré le froid. Ma mère était accoudée au bastingage, elle regardait *son caillou* s'éloigner, devenir une ligne d'horizon. À l'entrée dans la rade, lorsque l'embarcation a coupé les gaz, nous avons contemplé le spectacle inlassable des grues à containers, leurs pattes araignées suspendues, prêtes à mordre dans les entassements sur les quais. Les immenses navires amarrés là rappelaient à ma mère ceux où son père officiait comme commandant de la marine marchande. Il y avait un peu plus loin une épave militaire dont la carcasse rouillée affleurait à la surface de la mer. La composition nous plaisait, l'orange granuleux de la coque, le vert-de-gris de l'eau et le blanc de la mousse des vaguelettes produites par le passage du ferry.

Nous sommes arrivées chez moi à l'heure du déjeuner. J'avais rapporté des goûts de l'île, le poisson qu'on y fumait, les poireaux fins, les pommes de terre sucrées. Je m'inquiétais des plateaux-repas à venir.

À l'hôpital ma mère a été conduite dans une chambre, le médecin de service m'a reçue pendant que le personnel soignant s'occupait de son installation. Le décor était prévisible : petit bureau éclairé au néon, dossiers accumulés, odeur d'antiseptique. Et comme dans un mauvais film, le docteur a déclamé sa réplique.

Votre maman a une maladie très grave, vous savez ?

En profondeur j'ai eu 2, 8 et 14 ans à la fois. En surface, la femme de presque 40 ans a répondu :

J'ai compris. Expliquez-moi le protocole.

La routine s'est mise en place très vite. Le cathéter a été posé et a permis l'écoulement du traitement, à travers des poches qui se succédaient sur la potence tout au long de la journée. Des poches et des poches. J'appelais ma mère tous les matins et lui rendais visite en fin d'après-midi. Elle tricotait, écoutait la radio. Nous jouions au Scrabble. Je découvrais la banalité de la maladie et le quotidien de ceux qui entourent les malades. Des histoires similaires avec des expériences plus terribles que d'autres, toutes inscrites dans une forme d'ordinaire.

L'affliction n'était pas de la partie lors de ces premiers moments. Nous prétendions l'une et l'autre ne pas souffrir avec un aplomb de soldat. Nous combattions. La nuit cependant, je ne trouvais pas le sommeil. Pour peu que ma mère se soit plainte d'un léger mal, au ventre par exemple, j'éprouvais une douleur similaire. Je faisais corps avec son corps.

Étonnamment ma maladie de peau, celle qui se réveillait à la moindre perturbation sensible et faisait apparaître des plaques sur mes jambes ou mes bras, ne se manifestait guère. Était-ce une maladie trop visible pour une peine aussi profonde ?

Dix ans auparavant, lors d'une visite à ma mère, alors que je souffrais d'une crise importante dont aucun traitement ne venait à bout, ma mère m'avait suggéré d'aller voir le rebouteux de l'île. La proposition m'avait intriguée et amusée. J'étais curieuse d'une « consultation » (comment fallait-il la nommer ?) de ce type, et la magie, pourquoi pas.

Je m'étais donc rendue chez Eugène, dans un village reculé à l'ouest de l'île. La maison était située près de la place centrale derrière un portail bleu auquel on ne sonnait pas. On ne frappait pas non plus à la porte. Eugène recevait qui venait le trouver, sans distinction ni encore moins de rendez-vous.

Fais voir *co.*

Au milieu de sa cuisine qui sentait le meuble usé et le chien mouillé, assis sur un trépied en bois, le vieux monsieur avait regardé les plaques qui me mangeaient les jambes puis il avait apposé les mains et soufflé sur chacune d'entre elles. Il *éteignait le feu.*

Dans le salon en vis-à-vis de la cuisine le téléviseur hurlait en permanence à destination de la femme d'Eugène, malade et alitée. Eugène prétendait la soulager grâce à ses dons.

On quittait les lieux par un couloir étroit sur les murs duquel les offrandes faites à celui qui guérissait sans réclamer de contrepartie s'accumulaient sur des étagères en bois. Ma mère m'avait prévenue et confié un pot de confiture de mûres que j'y avais déposé en partant.

J'y suis allée une petite dizaine de fois. Ma « peau de chagrin » diminuait de fait (même si je savais pertinemment que cela était sans doute l'effet du soleil et de l'air marin). Mais j'aimais bien Eugène, il était malicieux et coquin, et je voulais comprendre son « activité ». Il avait été marin sur les thoniers, et à ce propos aussi je voulais en savoir plus. Une fois, alors que je lui avais expliqué mon métier de documentariste et mon goût pour les portraits, il m'avait dit :

Co, un jour, il faudra que tu racontes la vie d'Eugène.

À l'annonce de la maladie de ma mère, je me suis souvenue de cette injonction et j'ai entrepris la préparation d'un documentaire sur Eugène. Je n'ai pas été le voir lorsque je suis allée chercher ma mère mais j'ai ouvert un carnet. C'était le début de la maladie et je collectais des informations, écoutais des témoignages, lisais des ouvrages, consultais une thèse d'anthropologie sur la médecine parallèle. J'essayais de faire la distinction entre rebouteux, magnétiseurs, coupeurs de feux, panseurs, devins, désenvoûteurs et autres terminologies données aux soigneurs. Sur Internet, je tombais sur des sites personnels à l'ésotérisme grotesque. Cette culture n'était pas faite pour l'affichage, c'était une culture du secret et je pénétrais un système de « croyance convaincue ». Travailler à mon dossier Eugène me soulageait un peu de l'amertume de ces jours-là, comme si Eugène, de loin, soufflait sur mon chagrin et sur le cancer de ma mère.

2.

Une artiste dont j'avais réalisé le portrait m'a invitée au vernissage d'une exposition de photographies sur le corps. Je ne courais pas après les mondanités mais je m'y suis rendue pour échapper à une nouvelle soirée solitaire en sortant de l'hôpital. Il y avait du monde, des gens que je connaissais un peu. J'ai pris le temps de regarder chacun des tirages accrochés pour retarder le moment où il faudrait me mêler aux autres. J'ai finalement été chercher un verre au bar et rejoint un petit groupe sur le trottoir, deux personnes m'ont saluée en s'écartant pour me laisser entrer dans leur cercle et ont repris la conversation. J'aurais aimé y prendre part mais je ne savais pas comment m'insinuer dans leurs échanges qui concernaient l'actualité, la déliquescence politique, le discours de X., si creux, la fausse réalité ou la réalité-fiction ? Leurs propos s'assemblaient en une sorte de mélopée, un ruban de pâte à modeler aux inflexions élastiques. Je sirotais mon verre et affichais un air entendu sans fixer personne. Mes lombaires me faisaient souffrir, je transférais mon poids d'une jambe à l'autre. J'avais envie de m'asseoir. Au bout d'un moment, c'est ce que Selma a fait. Je ne connaissais pas cette fille élancée, aux yeux vifs et à la mâchoire prognathe qui avait l'air de s'ennuyer. Je l'ai trouvée extrêmement belle et son silence me plaisait. Et puis, tout d'un coup, elle s'est installée en tailleur sur le trottoir en arguant qu'elle n'en pouvait plus et cela n'a eu l'air de gêner personne. J'ai traversé le cercle et je l'ai imitée. C'était aussi bête que ça. Nous nous sommes retrouvées toutes les deux assises sur le trottoir parmi un groupe de personnes devant une galerie. Au-dessus de nous, leurs paroles formaient un brouhaha stagnant. Laquelle de nous deux a engagé la conversation ? Laquelle a évoqué l'idée du souterrain, de la galerie des inadaptées ? Comment notre complicité s'est-elle scellée à ce moment-là, pleine et immédiate ? Quoi qu'il en soit je me demande encore aujourd'hui si Selma avait eu ce geste, de s'asseoir par terre, pour moi, si elle m'avait repérée, si, sans m'avoir adressé la parole, elle m'avait reconnue comme une des leurs.

Selma était chercheuse en ethnologie, spécialiste des territoires d'outre-mer. Sa connaissance d'autres cultures lui conférait un regard aiguisé sur notre société, nos coutumes, nos relations.

J'ai tout de suite aimé sa radicalité, elle ne s'encombrait pas de paraître et était au monde avec franchise et ardeur. Nous nous sommes revues peu de temps après le vernissage pour aller visiter ensemble une autre exposition, en lien avec un intérêt commun que nous nous étions découvert pour les univers marins. Elle réunissait un ensemble de pièces produites à partir de la faune et la flore subaquatique, coquillages, coraux, algues, carcasses de poissons, écailles diverses… Au sortir du musée, nous avons pris un café et j'ai eu la sensation que l'on se connaissait depuis très longtemps. La conversation filait, nous échangions sur ce qui nous animait et nous racontions sans fard. J'ai expliqué à Selma ce que je traversais, la maladie subite de ma mère, mon désarroi. Je lui ai parlé des guérisseurs, elle m'a parlé de rites étrangers que j'ignorais, m'a promis de me donner les références qui pourraient m'aider. Nous sommes restées un très long moment dans ce café et l'avons quitté un peu groggy de tout ce que venions de partager.

Nous nous sommes revues de manière régulière, chaque fois pour aller voir une exposition et prendre un café qui s'éternisait. Quand elle m'a proposé celle intitulée « Tu étais habillé·e comment ? », je n'ai même pas regardé ce dont il s'agissait. Nous nous faisions toute confiance et allions souvent à l'aveugle découvrir ce que l'une ou l'autre avait choisi. L'installation était dans la crypte d'un ancien bâtiment religieux. Des vêtements suspendus à des cintres se balançaient au gré des courants d'air créés par les allées et venues des visiteurs. Il y en avait une quarantaine, poupées désincarnées, manteau ou maillot de bain, tee-shirt de sport ou chemise élégante, couleurs criardes ou noir sobre. Il s'agissait des tenues que portaient des victimes le jour où elles avaient été agressées sexuellement.

Face à mon trouble au café après la visite, Selma m'a interrogée. Je n'évoquais jamais plus ces histoires mais j'ai eu la sensation qu'il fallait que j'y revienne, là, à ce moment précis. J'ai entamé mon récit.

La première fois, à douze ans, je portais un caleçon et un sweat-shirt à motifs assortis. J'adorais cette tenue que ma mère m'avait achetée dans une grande surface. Elle n'était pas du genre à m'acheter un vêtement comme ça, pour rien, je devais attendre mon anniversaire ou une autre occasion spéciale. Ce jour-là en revanche, contre toute attente, constatant que je fixais l'ensemble qui pendait en tête de gondole, elle m'avait demandé, Ça te plaît ?, et avait embarqué les frusques dans son caddie. Tu vois, Selma, ai-je expliqué, j'ai eu l'impression qu'avec cette tenue j'accédais à *quelque chose* et que j'allais *enfin* intégrer la bande de jeunes gens branchés du collège.

Ce n'est pas ce qui s'est passé.

Une fin de journée, en rentrant dudit collège, aucun groupe d'amis pour faire rempart à mon drôle d'âge, j'ai été suivie par un homme. Je m'en suis rendu compte au moment où il s'est faufilé dans l'interstice de la porte de l'immeuble qui se refermait derrière moi. J'ai traversé le hall, poussé la porte vitrée et ai accéléré jusqu'à l'escalier. Un tapis rouge décati courait le long des marches auxquelles il était retenu par des barres en laiton vieilli. J'ai grimpé vite, au risque de glisser, le type me suivait, j'entendais son souffle derrière moi. Entre le premier et le deuxième étage, dans la courbe de l'escalier, il m'a attrapée par un bras et immobilisée, il a caressé mes jambes puis mes fesses à travers le caleçon. Au moment où il m'a lâchée un instant pour défaire sa ceinture, la boucle de fer a tinté et j'ai jailli, je me suis précipitée jusqu'au palier du deuxième étage où j'ai sonné et tambouriné à l'unique porte en jetant un regard à l'homme dont le sexe nu était tendu vers moi. La porte s'est entrebâillée, je me suis engouffrée dans l'appartement en bousculant la voisine qui m'ouvrait, le gars s'est enfui avant même que cette dernière comprenne ce qui se passait.

J'ai marqué une pause, essayé d'avaler une gorgée de café qui n'existait plus dans ma tasse. Selma n'a pas commenté mon récit mais elle m'a fait remarquer que mes mains tremblaient. J'étais surprise d'être ainsi saisie par l'émotion, je croyais cette affaire trop lointaine pour m'inquiéter encore. Selma m'a fait remarquer que j'avais entamé mon histoire par « la première fois ». Il y avait eu d'autres fois ?

Je n'ai pas insisté sur les tripotages de métro ou les déclarations poétiques dans la rue, pourtant Selma a commenté la manière dont je les avais nommés, les *petits* faits.

Oui, c'étaient des petites choses pour moi, si ce n'est que j'ai eu l'impression qu'à partir de là, quelque chose s'était enclenché. Quelque chose de gênant, où se mêlaient la peur et la honte.

Et puis, j'ai inspiré, et puis à seize ans. J'étais sur une île grecque où ma mère m'emmenait en vacances depuis l'enfance. Toujours les îles, a noté Selma. Nous passions deux semaines idylliques avec un groupe d'amis, prenions des bains de mer infinis, allions pêcher des oursins dans des criques, arpentions les sentiers de terre parmi les oliviers, trouvions le frais dans les chapelles orthodoxes, traînions le soir aux terrasses des tavernes. Cette année-là, j'étais venue avec une amie et nous avions découvert le plaisir des fêtes nocturnes, les bars ouverts tard, la musique, les cocktails que nous nous offrions avec nos maigres économies, les cigarettes que nous fumions très assurées, les garçons qui nous regardaient, notre mauvais anglais qui faisait le reste. Quand les bars fermaient, nous rejoignions la discothèque située à l'écart du village. Nous y papillonnions entre la piste de danse et le jardin extérieur parmi des groupes de jeunes gens. La soirée se terminait par une danse collective sur une musique traditionnelle, les guitares de *rebetiko* résonnaient dans la nuit et le rythme allait s'accélérant, tout comme les pas des danseurs qui avaient formé une ronde riante. Nous rentrions à l'aube, pieds nus, chaussures à la main, en commentant les rencontres de la nuit et les promesses de rendez-vous du lendemain alors que les vieilles femmes grecques sortaient déjà sur leurs perrons, leur tenue et leurs regards noirs comme des contrastes aux façades blanchies à la chaux. Des vieilles vêtues de bure qui plissaient les yeux au passage des jeunes filles lascives.

Un matin, nous étions trois. Mon amie était accompagnée du garçon avec lequel elle venait de passer la soirée. Nous nous sommes arrêtés sur le toit plat d'une maison, comme on faisait là-bas, pour regarder le soleil se lever derrière les collines sombres piquées de carrés blancs. La tête me tournait un peu des cocktails que nous avions bus et ma présence devenait incongrue. J'ai donc abandonné les amoureux du soir à leur belle aurore et suis rentrée dans notre chambre, à laquelle on accédait par une porte palière donnant sur une terrasse quelques mètres plus bas. J'ai pris soin de ne pas verrouiller derrière moi pour que mon amie puisse rentrer. Un peu saoule, je me suis avachie sur le ventre à même le drap sans prendre la peine de me déshabiller et me suis endormie sur-le-champ. Un poids m'a réveillée. Une sensation de lourdeur. Un corps recouvrait le mien. Une main enfonçait ma tête dans l'oreiller, une autre essayait d'ouvrir le bouton de mon pantalon. Une voix disait, *Dont cry, if not I kill you.* Je n'arrivais pas à respirer, le corps se frottait, une main s'agitait sur la boutonnière, l'autre appuyait sur ma nuque. La voix répétait la menace. Tu vois, Selma, ce pantalon, je m'en souviens car je l'ai béni. Il était trop compliqué à ouvrir et il m'a sauvée. Enfin peut-être que le gars en serait venu à bout mais mon amie est arrivée. Dès qu'il a entendu la poignée de la porte s'abaisser, le type m'a libérée de son étreinte et a filé comme un courant d'air. Après l'effroi et le cri, mon amie, qui avait saisi le degré de violence qui s'était immiscée dans notre adolescence, a prononcé une première parole, grave et urgente : On va chercher ta mère.

Selma m'a demandé quelle avait été sa réaction.

Je n'en ai pas de souvenir très précis, lui ai-je expliqué. Je ne crois pas qu'elle m'ait prise dans ses bras, elle était toujours un peu maladroite avec les affects et avait la consolation un peu brutale. En revanche elle s'est démenée pour prévenir et alerter les voisins et m'a conduite à la police locale – visite vaine, les agents avaient fixé, accusateurs, mon décolleté, en prenant mollement acte de ma plainte. La police avait aussi été convoquée quand j'avais douze ans. Les deux officiers m'avaient demandé à plusieurs reprises si mon agresseur avait *l'air maghrébin*, et j'avais été très embarrassée parce que je ne savais pas ce que ça voulait dire, j'avais interrogé ma mère ensuite.

Enfin, le soir même, à la terrasse de la taverne, j'ai fanfaronné auprès de ma mère, j'ai dit qu'il était hors de question que je me gâche les vacances *pour ça*, que je continuerais à sortir et à danser la nuit. Elle m'a laissée faire. Je suis sortie, j'ai rencontré des garçons, je me suis amourachée, les vacances ont été gaies, le sujet n'est pas revenu dans la conversation. Plus tard, ma mère dirait à ses amies avec lesquelles elle évoquait le sujet, Elle a été très forte, oui.

J'ai découvert l'angoisse après l'été. Les paniques nocturnes à la quête du moindre bruit, les paniques diurnes à la quête du moindre regard masculin porté sur moi. Surtout, j'étais désormais certaine de mon destin, auquel j'avais encore échappé de peu. Un seul avenir s'ouvrait à moi, le viol. J'en connaissais les prémices, j'attendais la suite.

Je remuais ma cuillère dans ma tasse sans m'en rendre compte. Selma a posé sa main sur la mienne, pour arrêter le mouvement.

Ça ne te met pas en colère ?

Je ne voyais pas très bien ce qu'elle voulait dire. Je me sentais essorée par ce que je venais de raconter et terrifiée par le fait que cela me terrifiait encore. J'avais peur oui, mais rien à voir avec la colère.

Tu devrais être furieuse.

Contre qui ?

Contre eux. Tes agresseurs et les autres.

Je me rendais compte que je n'avais jamais vraiment pensé en ces termes. Je me suis détestée, je m'en suis voulue et ces hommes, je les ai craints. De tout cela, j'ai eu honte.

Je pense que tu devrais nous rejoindre.

Pardon ?

Il faut rendre de la dignité à tes paroles et à ton corps, à nos paroles, à nos corps. Il faut inverser les forces. Tu fais partie de notre troupe.

De quoi me parles-tu, Selma ?

De nous. Nous intervenons partout sans qu'aucune action soit revendiquée, nous sommes innombrables et innomées, nous ne nous réunissons pas, nous nous retrouvons.

Quel charabia !, je pensais. Mais j'étais intriguée malgré tout.

Tu me parles d'un groupe de paroles ? D'une communauté militante ? Je ne comprends pas bien.

La nomination n'a aucune importance.

Mais alors, ça consiste en quoi, ce que tu me demandes de faire ?

Rien. Parler d'abord, comme tu viens de le faire. Et agir, aussi. Ce sont deux mouvements concomitants.

Agir ?

Prendre une place que tu ne croyais pas pouvoir prendre.

C'était un peu trop sérieux à mon goût. J'ai tenté l'esquive par la malice.

Et qui va valider mon accession au groupe ? Il faut *adhérer* ?

Parole et action, c'est tout.

J'avais envie de rire. Je voulais bien reconnaître à Selma un tempérament combatif et louer ses engagements, mais là, c'était un peu à gros traits. D'autant plus qu'elle connaissait ma retenue lorsqu'il s'agissait de parler haut et fort. J'ai continué, un peu taquine.

Et comment je saurai quoi faire et quoi dire et à qui et à quoi ?

Tu sauras.

Et il y a des réunions de groupe ?

Non.

Alors comment je saurai si je vais dans le bon sens, celui que *vous* voulez défendre ?

Selma n'a pas répondu. J'ai craint de l'avoir offensée. J'ai tenté une dernière plaisanterie.

Je dois signer où ?

Selma a éclaté de rire, un rire où je ne savais pas s'il fallait déceler de l'amusement ou de l'ironie à mon endroit. Se moquait-elle de moi ?

N'était-elle pas en train de me montrer mon propre ridicule ? Miroir ! Miroir ! J'étais décontenancée.

En tout cas, a-t-elle repris avec calme, je suis heureuse qu'on ait vu cette expo.

Et cette sortie m'a rendue furieuse.

3.

À la fin du premier mois de traitement, ma mère a quitté l'hôpital et a emménagé chez moi. Le deuxième soir, je rentrais d'un rendez-vous et je l'ai retrouvée attablée à la cuisine. Des paquets cartonnés de divers formats débordaient d'un sac en plastique blanc et vert. Certains paquets étaient éventrés et laissaient dépasser des plaquettes de médicaments en aluminium. Au milieu de la table, des pilules sorties de leurs emballages se mélangeaient les unes aux autres, blanches ou colorées. Ma mère se tenait la tête entre les mains, elle ne m'a pas entendue arriver derrière elle. Je lui ai touché l'épaule doucement, elle a relevé la tête, dévoilé un pilulier à cases et m'a regardée interdite, puis elle a soupiré, triste et dépassée.

Ma mère n'était pas une femme précise. Toujours, elle arrangeait la réalité autour d'elle pour la faire coïncider à son étourderie légendaire. Et sortir avec deux chaussures différentes lui arrivait régulièrement. Cela ne la dérangeait pas, elle riait et nous riions de sa distraction.

En l'occurrence, je n'avais pas l'esprit à rire. J'ai pris les choses en main et entrepris de déchiffrer les trois pages d'ordonnance. Les dosages journaliers n'étaient pas les mêmes à trois jours d'intervalle et certains médicaments ne se prenaient qu'un jour ou deux par semaine, c'était un véritable casse-tête. J'ai repris les indications ligne à ligne. Au bout d'une demi-heure, je pestais contre la pharmacie qui avait dû se tromper. J'ai vidé le pilulier une nouvelle fois sur la table, trié les cachets étalés sur la table, drôle de mise pour le poker. J'ai tenté de reconstituer tous les paquets. J'ai récupéré les plaquettes vides, ai rempli une à une les opercules éclatées, assemblé des bouts de pilules rompues tant bien que mal. Jusqu'à ce que je m'aperçoive que deux remèdes différents se présentaient sous la même forme, un cachet blanc oblong fendu d'un trait en son milieu. Les cachets, hors de leurs emballages, étaient identiques et impossibles à distinguer. Or ma mère avait d'abord sorti un à un les comprimés avant de les classer dans le pilulier où ils s'étaient mélangés. Je venais de trouver la dernière inconnue de l'équation devenue impossible à résoudre. J'ai réprimé un mouvement de colère et j'ai recommencé un tri, en laissant de côté les coupables, on allait se débrouiller avec ceux qui nous restaient encore dans les boîtes non ouvertes et expliquerions notre erreur à la pharmacie qui nous en fournirait de nouvelles sans aucun doute.

Maintenant Maman, arrête de dire que tu es idiote et laisse-moi faire, s'il te plaît.

Elle s'est alors affairée à préparer un dîner. Jamais je n'ai eu autant de provisions chez moi que pendant sa présence. Elle passait une bonne partie de la journée à la recherche de bons aliments, l'autre à cuisiner. Cela s'entassait dans le réfrigérateur et les placards où s'entreposaient également les boîtes de médicaments en tout genre. Les remèdes s'imprégnaient des saveurs de la cuisine.

4.

Je me demandais si nous étions fâchées et j'hésitais à me manifester. C'est Selma qui a pris les devants en me proposant d'aller à l'avant-première d'un film que son amie Joan produisait. Je connaissais un peu Joan et son travail de diffusion du cinéma sud-américain indépendant. Nous en avions même discuté avec Farell qui l'avait croisée à d'autres occasions.

Je suis arrivée un peu en retard à la séance, le film commençait. Je me suis installée discrètement dans la pénombre du dernier rang.

La première scène se déroulait dans un appartement familial de type bourgeois, on y célébrait les 70 ans d'une femme élégante, à l'air racé et à la coiffure soignée. Adossée à une commode, elle écoutait ses petits-enfants alignés face à elle lui réciter les poèmes écrits en son honneur, des fleurettes et de l'amour qu'elle recevait sans sourire, voire avec un air agacé. Les adultes derrière les enfants, leurs parents, les enfants de la femme pour une partie donc, accompagnés de leurs conjoints, les encourageaient à continuer par de petites caresses sur les épaules ou la tête. La déclamation continuait et la femme s'échappait dans un *flash-back*, elle, sur cette même commode, fesses nues sur le plateau de marbre, jupe de tailleur remontée sur les hanches, un homme à genoux devant elle en train de lui embrasser le sexe, elle se pâmant, se cabrant, jouissant.

La suite du film racontait comment un promoteur essayait de lui faire quitter son appartement pour détruire l'immeuble et construire une résidence luxueuse. Elle était la seule récalcitrante dans l'édifice désormais vide de locataires. Face à son obstination et son refus réitéré de partir, le promoteur envoyait trois de ses sbires balancer une horde de termites dans le grenier du bâtiment. C'était la dernière scène, les bêtes qui se dispersaient sur les poutres de bois sous le toit, prêtes à les grignoter, prêtes à les abattre – je n'ai pu retenir une larme en faisant l'analogie avec le cancer.

Les lumières se sont rallumées. La séance était suivie d'une table ronde. Je ne distinguais pas Selma dans la salle. À la fin de la discussion, je suis allée saluer Joan, l'ai félicitée pour le choix du film, Je suis contente que Selma m'ait invitée, tu sais où elle est? Joan m'a appris que Selma n'était pas là, ne m'avait-elle pas prévenue? Enfin, si je le souhaitais, je pouvais me joindre à elle et aux autres intervenants pour dîner, elle en serait ravie.

Je suis allée dîner avec Joan et les autres, l'absence de Selma ne me gâcherait pas la soirée. Nous avons été dans un restaurant très chic. Une bouteille de vin blanc a été commandée, des propos ont été échangés sur les cépages français au regard des californiens. Une des intervenantes venait des États-Unis où elle enseignait la théorie du genre. Elle passait une année en France en permission et s'amusait de vivre comme une étudiante dans son petit pied-à-terre du centre-ville. Nous avons parlé du réalisateur du film, absent ce soir-là mais qu'ils connaissaient tous et de l'impression que le film avait laissée sur nous. Un spécialiste de l'histoire du cinéma d'avant-garde a évoqué les mouvements de caméra, le rythme des séquences. L'universitaire en permission a loué l'expression libre et libérée. J'ai bravé ma timidité et évoqué la toute première scène, la jouissance remémorée, le cri vital, comme j'avais trouvé cela beau. Oui, oui, ont-ils tous entonné, et c'était une grande jouissance commune. Une autre bouteille de vin a été commandée. L'universitaire m'a demandée qui j'étais, ce que je faisais. J'ai parlé de mes documentaires et du sujet qui m'occupait en ce moment, la maladie et les modalités de guérison. Elle s'est montrée intéressée, a ajouté des références à celles que j'avais déjà collectées, enchaîné sur un discours autour de la domination par le savoir et la possibilité d'un contrepoint par l'expérience. Le toucher, tel que vous le décrivez, fait figure d'acte de résistance par exemple. Elle entretenait la conversation presque en tête à tête avec moi cependant que les autres convives devisaient d'autre chose. C'était une situation assez grisante. Cette femme brillante me témoignait une attention toute particulière. Peut-être ressentait-elle une sorte d'attirance pour moi ? J'ai tenté de me représenter son studio, la manière dont il était agencé et aménagé, s'il y avait des piles de livres partout, si le matelas était par terre au milieu de la pièce ou si une alcôve renfermait la couche.

Le dîner s'est ainsi déroulé, accord mets-vin-conversation très élégant, avec pour finir, des promesses d'envois d'articles ou autres références et pourquoi pas de rendez-vous. Joan m'a proposé de partager un taxi de retour, j'étais presque déçue. N'aurais-je pas aimé faire quelques pas avec ma conquête du soir ? Passer aux confidences peut-être ? Il était rare que je ressente une telle familiarité en une soirée, prête à partager une intimité tout de go. Était-ce le vin ?

C'est en montant les marches qui me conduisaient à mon appartement, après avoir remercié chaleureusement Joan pour la soirée, que j'ai réalisé que cette sensation ne m'était pas si étrangère, que je l'avais éprouvée peu de temps auparavant avec Selma. J'en ai conclu que cette dernière avait tout manigancé de loin et que l'universitaire faisait partie du groupe dont elle m'avait parlé la dernière fois.

5.

La deuxième phase de chimiothérapie a été entamée avec un espoir. Si elle se passait bien, une greffe de moelle osseuse pourrait être envisagée, c'était une voie vers la rémission.

La routine hospitalière a repris son cours. Cette fois-ci, les cheveux ont commencé à tomber. C'était une scène attendue et à vrai dire, j'avais envie d'en découdre avec tous ces moments incontournables. Aux premiers tas de mèches sur l'oreiller, j'ai demandé une tondeuse aux infirmières et j'ai rasé la tête de ma mère. Le bruit émis par le moteur était minable, sur le moment, nous avons trouvé ça drôle. Ma mère s'est rappelé ma frange d'enfant qu'elle me taillait elle-même sans trop de soin, en escaliers. C'est moi qui la coiffais aujourd'hui, les rôles s'inversaient. J'ai laissé une crête sur le crâne et j'ai pris une photo de ma mère en punk, la partie de son crâne à blanc couvert de croûtes rougeâtres qui le faisaient ressembler à une carte. Sur la photo en question, ma mère est hilare, elle lève le pouce. Quand je regarde ce cliché aujourd'hui, je le trouve d'une tristesse infinie. Et une question me taraude : Qu'ai-je fait des cheveux de ma mère ? Où les ai-je jetés ? Au cours de mes recherches qui ont suivi, j'ai appris que certains magnétiseurs s'appuient sur la notion de fluide, de force interne aux êtres et qu'un seul cheveu peut contenir le principe vital auquel il appartient.

La dame des perruques est passée, j'ai aidé au choix. Elle nous montrait des modèles qu'elle sortait de sa valise d'échantillons ou sur un catalogue dont elle tournait les pages très vite, les perruques venaient après les soutiens-gorges spéciaux pour les prothèses mammaires. Elle a tenté de vendre à ma mère le produit le plus cher (c'était mal la cerner) en en rajoutant pendant l'essayage. Oh regardez comme ça vous va bien, elle lui tendait un miroir, la mèche devant, le teint sable, c'est parfait. La nuque longue ? Mais enfin, c'est ce qui fait *naturel.* Je vous montre les flacons de produits d'entretien. Vous en avez pour combien de temps ?

Ma mère a choisi le modèle le plus modeste, entièrement remboursé. De mon côté, j'ai acheté des foulards tissés dans des matières douces et raffinées. J'ai appris à ma mère comment les nouer sur la tête.

Mais oui, c'est vrai, je m'en souviens, tu en portais au lycée. Ça t'allait très bien d'ailleurs, on voyait ton grand front.

Ma mère devait garder la chambre tant que possible. Elle était très immunodéprimée et devait se protéger des attaques exogènes potentielles. Quelques sorties lui étaient autorisées dans l'enceinte de l'établissement. L'hôpital, qui me faisait l'impression d'une ville dans la ville avec son plan complexe, ses artères grouillantes et son rythme effréné, possédait en outre un beau jardin d'extérieur. Nous en faisions le tour bras dessus, bras dessous et nous nous asseyions un moment sur un banc sous un marronnier.

Le médecin avec lequel je faisais des bilans réguliers n'était plus le même qu'au début. Celui-ci avait un air poupon, il s'exprimait avec délicatesse. Le minuscule bureau restait sinistre, les bilans pas toujours encourageants mais la douceur qu'il dégageait contrevenait au désastre.

Il m'a convoquée une fois où j'arrivais pour ma visite quotidienne. Il était un peu embêté de ce qu'il avait à me raconter. La veille, ma mère avait fugué. Pas longtemps, me rassura-t-il, mais elle était sortie de l'enceinte de l'hôpital, sans avertir personne de surcroît. C'était dangereux. Pouvais-je la raisonner et tempérer ses velléités d'escapade ?

Quand je lui en ai parlé, ma mère m'a souri et expliqué qu'elle était allée s'acheter une jupe, elle m'a fait signe d'aller voir dans son placard où j'ai découvert la coupable, pendue sur un cintre. J'ai pensé à l'exposition que nous avions vue avec Selma. La jupe était coupée dans une étoffe de soie rouge. C'était un vêtement tout à fait inadapté aux circonstances et très loin du style de ma mère qui avait toujours préféré le confort d'un jean aux mises prétendument féminines. Face à ma surprise, ma mère m'a expliqué que c'était pour après, quand elle sortirait de tout cela et qu'elle se ferait belle pour l'occasion. En plus, ça avait été une affaire. Et je suis passée au magasin bio aussi, je t'ai pris du miel, il n'y en avait plus à la maison quand je suis partie, attrape le pot, là, sur l'étagère du dessus. J'ai tout de même expliqué à ma mère le risque que cela représentait de sortir ainsi, seule et sans avertir le personnel médical. Elle a balayé tous mes dires. La menace coule dans mes veines, ma chérie.

6.

Ceux qui connaissaient ma mère l'appréciaient tous, sans retenue. L'adjectif « formidable » revenait souvent quand on l'évoquait. Une femme formidable. Parmi mes amis, nombreux étaient ceux qui avaient été accueillis dans la maison sur l'île où ils avaient pu, par ailleurs, mesurer la puissance de notre lien. L'annonce brutale de sa maladie avait suscité une vague de compassion et d'abattement, suivie de l'énonciation d'une certitude : elle s'en sortirait, elle était bien trop vaillante pour que ce ne soit pas le cas.

Je recevais beaucoup de messages de mes proches et de ceux de ma mère, qui s'inquiétaient. J'avais remarqué, et raconté à Farell, que la plupart de ces messages obéissaient à une même construction. On me donnait quelques nouvelles, on me demandait comment je me portais et immanquablement, comment se portait ma mère, dans une formule récurrente : Et toi, comment vas-tu, et surtout ta mère ?

Farell et moi avions plaisanté et imaginé plein de dialogues dont les phrases se termineraient par *Et surtout ta mère.* C'était bon de rire.

Farell avait écrit le scénario d'un film qui venait d'être sélectionné pour un festival de début d'été en France. C'était une excellente nouvelle. Un voyage s'organisait, il en serait certainement. Quand sa venue a été confirmée, il m'a écrit qu'il avait hâte de me voir. Un autre message a suivi presque instantanément : Et surtout ta mère.

7.

La vague venait et se retirait, ma mère était rentrée à la maison. Les résultats du traitement étaient, semble-t-il, encourageants. Elle portait sa perruque et nous nous habituions à son nouveau visage. Cela étant dit, la coiffe la démangeait ou lui tenait trop chaud et elle la déposait volontiers, revêtait un accessoire, bandeau ou foulard, parfois même rien, et j'aimais alors lui caresser la tête, sentir les poils qui repoussaient sur son crâne, comme la vie reprenait ses droits, douce et piquante à la fois. La perruque, elle, gisait. Sur la table, sur le fauteuil, sur le canapé. Je voulais m'affaler et je tombais sur la perruque. Elle était là, molle, désincarnée, elle m'évoquait un scalp. Je disais : Maman, je t'en prie, arrête de laisser traîner tes cheveux. Elle s'excusait, fourrait la perruque dans un sac et me parlait du plat qu'elle avait cuisiné pour le dîner.

J'ai tant d'images de ma mère en cuisine. Quand elle savait qu'elle rentrerait tard, elle se levait aux aurores pour préparer le dîner. Je me levais et la rejoignais dans la petite pièce qui exsudait déjà des odeurs d'oignon et d'épices. En robe de chambre, les cheveux en pagaille, la radio à faible volume, elle reniflait le fumet de sa marmite. Je me hissais pour m'asseoir sur le plan de travail pas loin d'elle, je la regardais s'affairer, boire son thé à grandes lampées dans une vaste tasse de porcelaine qu'elle baladait ensuite dans l'appartement, l'égarant fréquemment. On retrouvait, sur un coin de bibliothèque ou dans la salle de bains, la tasse perdue, avec un fond de thé devenu une pellicule épaisse, sombre et graisseuse. Je ne cuisine pas mais j'ai hérité de cette habitude, la tasse volante.

8.

Farell est arrivé. Avec ma mère, ils ne s'étaient jamais rencontrés. Lors du premier repas (elle avait mis les petits plats dans les grands), elle n'a pas cessé de l'interroger, une pie. Farell ne s'en laissait pas compter, il répondait à toutes les questions avec une simplicité désarmante. Ils ont longtemps parlé de la vie insulaire, après tout, cela les liait plus encore que moi. Je leur ai évoqué la lecture récente d'un article – un article que Selma m'avait envoyé – à propos du *sentiment d'île*. L'auteur y interrogeait l'ambivalence que pouvait provoquer le territoire îlien : soit il rassure, il est bordé, accessible, contournable, soit il effraie car il enferme, limite, délimite, clôture. Je pensais qu'ils seraient partisans de la première version de la proposition, l'île sécurisante, qui était sans doute la mienne, mais ils m'ont surprise en s'accordant sur le fait qu'il n'y avait pas de dichotomie, que c'était en fait un même et unique sentiment, un balancement perpétuel, et que ce va-et-vient définissait précisément le lien qu'ils entretenaient à leurs îles respectives. Rester, s'échapper, revenir en constituait les termes.

La première nuit tous les trois dans mon appartement, je n'ai pas beaucoup dormi. Je veillais, et je ne savais pas si c'était sur ma mère ou sur mon amoureux. J'ai pris quelques notes dans mon carnet des îles, lu quelques pages d'un roman. Lumière éteinte, j'ai suivi le cours de mes pensées, les associations d'idées me conduisaient sur des chemins improbables que parfois, pour le plaisir du jeu, je m'amusais à rebrousser. Et je repartais. À l'aube, j'ai fini par trouver le sommeil.

Quelques heures plus tard, à mon réveil, j'ai trouvé Farell qui buvait un café dans la cuisine. Il avait pris le petit déjeuner avec ma mère et elle était partie faire des courses. Nous avons fait l'amour et j'ai joui très fort. Je m'étais formulé, un brin coupable, qu'il fallait profiter de l'absence de ma mère. Ensuite, j'ai expliqué à Farell ce que le mot « profiter » avait de terrible, qu'il mettait tout sur le compte du profit, du gain, j'avais lu des pages incroyables à ce propos, belles et révoltées, dans un roman monstre dont je lui avais déjà parlé et je prenais garde depuis, à ne plus utiliser ce terme. Alors pourquoi, Farell, pourquoi, avais-je pensé que pouvoir hurler mon plaisir c'était *profiter de l'absence de ma mère ?*

En quelques jours, une familiarité nouvelle s'est organisée. Elle existait déjà entre Farell et moi, je ne l'avais pas envisagée dans un trio avec ma mère. Elle était advenue sans me surprendre pourtant et je voyais Farell rajuster les branches de lunettes de ma mère, lui montrer une nouvelle fonctionnalité sur son téléphone, moquer ses lubies ou son obsession culinaire. Un soir, elle nous a poussés dehors, arguant qu'elle était fatiguée et bonne soirée les amoureux. Nous nous sommes retrouvés sur le palier comme deux gamins embarrassés, empêtrés, ne sachant pas comment occuper le temps qui nous était donné.

Une projection promotionnelle du film a eu lieu dix jours plus tard, un jeudi en fin de matinée. Farell nous avait invitées toutes les deux. C'était une fiction folle, ironique et tragique, autour d'un navire volontairement perdu au large, la dizaine de membres de l'équipage essayant de disparaître des radars, tout en manifestant leur renoncement par le biais d'interventions aussi sublimes qu'impossibles, magnifiques et grotesques. Cela étant dit, tous les personnages abandonnaient l'expérience l'un après l'autre à l'exception de l'un d'eux, une femme dont on suivait l'évolution seule dans l'embarcation, une mutation animale, son corps se parait d'écailles et elle se nourrissait d'algues et de planctons. La dernière image était celle de son ultime plongeon, suicide ou réincarnation, libre à chacun de l'interpréter. Ma mère, dont je craignais qu'elle ait pu être hermétique à cet imaginaire, est sortie bouleversée, en larmes. Elle voulait, murmura-t-elle, finir poisson.

Le matin de son départ, nous sommes allés, Farell et moi, au grand aquarium qu'il avait toujours souhaité visiter. Alors que nous observions le bassin des espèces tropicales, commentant les couleurs et les formes des locataires, nous avons vu une sirène. Elle nageait parmi la faune et la flore, sa queue brillante et ses longs cheveux blonds ondoyaient dans un même mouvement. Son visage était paisible. L'apparition dura quelques secondes, puis la sirène remonta vers la surface que nous ne distinguions pas. Nous avons appris à la sortie qu'il s'agissait d'une performance, la femme-sirène officiait dans différents aquariums.

Juste avant le décollage de son avion, Farell m'a envoyé un message : Au revoir les sirènes.

9.

Plusieurs semaines ont passé sans que je reçoive de nouvelles de Selma. Elle m'avait juste envoyé un message le lendemain de la projection en s'excusant de son absence, sans proposer de nous voir bientôt, j'étais un peu vexée. Et cette affaire de groupe dans lequel elle voulait m'embrigader m'inspirait une forme de méfiance, de l'appréhension. Je regrettais un peu mes confessions et ce qu'elles avaient provoqué chez Selma, je craignais de me sentir illégitime, en tant que victime ou en tant que combattante. Les mots même me semblaient faux, je devais les fuir.

Lorsque finalement nous avons prévu de nous revoir, j'étais anxieuse. Nous n'avions pas d'exposition à voir pour une fois, le rendez-vous était dans un café. Selma est arrivée en retard et très excitée. Elle avait enfin obtenu le financement pour mener une enquête de terrain qu'elle préparait depuis plusieurs années. Elle pouvait se remettre au vrai travail, pas celui d'une recherche de fonds, et préparer un voyage à La Réunion après l'été.

Et moi, comment j'allais, et surtout ma mère ?

J'ai raconté à Selma les dernières semaines, la venue de Farell, donné des nouvelles de ma mère. Au moment de l'aquarium, alors que je commentais d'un, Dingue, non, ce métier de sirène ?, elle m'a dit, Je la connais, tu devrais faire son portrait.

10.

C'était l'été et je n'avais aucun projet. Farell me proposait de le rejoindre dans le Sud où il avait présenté son film mais je n'y tenais pas, il y était sollicité et ne pouvait pas se soustraire à ses obligations, je n'avais pas envie de le partager. Quelques amis me lançaient des invitations, en bord de mer ou à la campagne, même pour un jour ou deux, il était question de respirer un peu. Plus on m'encourageait à partir, plus je ressentais la nécessité de rester, d'éprouver la langueur de la ville abandonnée et la lenteur de la lutte contre la maladie. J'ai repoussé toutes les propositions. De guerre lasse, mes amis ont cessé de m'en faire.

À dire vrai, ma mère et moi crevions de ne pas aller sur l'île. Les médecins refusaient, bien sûr, qu'elle fasse le voyage et j'étais solidaire de la punition. Ma déception était d'autant plus forte que j'avais bien avancé le travail de documentaire sur les « magiciens parallèles », mes recherches étaient bouclées, il me manquait désormais la matière propre du travail, à savoir le récit enregistré d'Eugène.

J'ai pris Selma au mot et me suis engagée dans la réalisation d'un portrait de la femme-sirène. Elle m'a transmis ses coordonnées, un rendez-vous a été fixé à la rentrée. En attendant, j'avais ouvert un nouveau carnet, où je consignais les informations que je collectais. Du texte homérique qui faisait des sirènes des créatures sataniques à l'icône contemporaine un brin naïve du dessin animé, reprise inlassablement par l'imagerie populaire, l'histoire était dense et les revirements nombreux, j'essayais d'en démêler les fils.

Un matin que je traficotais ainsi, en écoutant de la musique casque aux oreilles, ma mère vaquait à ses occupations. J'ai perçu sa silhouette entrer dans la salle de bains, j'ai baissé mon casque, lui ai adressé un salut tendre. L'ouverture du robinet a déclenché un bruit de tuyauterie, l'eau a coulé. En fond, la radio égrénait des paroles. J'ai renfilé mon casque et me suis remise à l'ouvrage. Entre deux morceaux, j'ai entendu ma mère baragouiner, elle s'agitait, s'énervait. Je n'ai pas levé les yeux ni rabaissé mon casque une nouvelle fois jusqu'à ce que je perçoive le bruit lointain de sa chute. J'ai débarqué dans la salle de bains, elle était consciente mais affalée sur le carrelage au pied de la cuvette des toilettes, un peu de sang coulait du pansement du cathéter qu'elle maintenait de deux doigts. Elle m'a dit que ce truc s'était arraché, qu'elle avait essayé de le remettre mais qu'elle avait perdu l'équilibre. Je l'ai aidée à se relever, l'ai conduite jusqu'au canapé où je l'ai allongée. Je ne savais pas quoi faire mais cela avait tout l'air d'un évanouissement, alors j'ai composé le numéro des pompiers contre l'avis de ma mère qui protestait que j'exagérais, que je m'en faisais toujours trop pour elle. À leur réaction, j'ai compris que j'avais bien fait, sans comprendre exactement pourquoi. Les types en uniforme qui se sont présentés à la porte moins de dix minutes plus tard avaient l'air si jeunes que j'ai eu du mal à croire en leur expérience. Était-on dans un simulacre ? Ces jeunes gens jouaient-ils aux pompiers ? Auquel cas, quel rôle devais-je tenir ? *Et surtout ma mère* ? Je l'ai appris dans la foulée : je serai la passagère de la camionnette rouge qui traverse la ville toutes sirènes hurlantes.

Aux urgences, prise en charge immédiate. Je n'avais toujours pas saisi ce qui pouvait être si grave. On a installé ma mère sur un lit roulant mécanique dans un hall où étaient entreposés d'autres lits roulants fichés d'autres patients. À moi, on m'a indiqué un tabouret, roulant lui aussi. Sa galette s'affaissait sur ses ressorts dans un pschitt disgracieux chaque fois que je bougeais et ce pschitt semblait repris en cadence par la respiration difficile de certains malades.

Nous avons attendu longtemps. Il ne se passait rien. Ma mère n'allait pas mal, les médecins ne venaient pas, nous attendions. Plusieurs heures se sont ainsi écoulées, nous ne parlions pas beaucoup. Ça a été finalement notre tour d'auscultation. Le lit roulant a été déplacé au fond de la pièce et dissimulé derrière deux rideaux fins retenus par des perches métalliques, les mêmes que pour les potences. Quelques minutes plus tard, le lit était de nouveau roulé à côté de moi, aucun diagnostic n'était émis, on me parlait d'observation. J'ai observé ma petite mère un peu sonnée, sa tête penchée sur un côté d'oreiller, les quelques cheveux repoussés collés à son crâne et ses tempes par la transpiration. Elle s'excusait de me gâcher la journée, d'ailleurs, je pouvais y aller.

La journée a passé ainsi, nous avons picoré toutes les deux les mauvais plateaux-repas, j'ai été chercher du thé dans des gobelets au distributeur. On entendait des scènes se produire à l'accueil. La soirée a avancé et j'ai dû m'assoupir un peu. Je me suis réveillée lorsque la main de ma mère a agrippé mon bras brusquement. Elle avait les yeux écarquillés et la bouche très ouverte. Avec l'index de la main qui ne me tenait pas le bras, elle m'a désigné sa bouche, déformée comme dans le tableau de Munch. J'ai sauté sur la première infirmière que j'ai trouvée : Elle n'arrive pas à respirer.

L'étrange torpeur s'est transformée en une chorégraphie à la cadence ultra-rapide réalisée par trois soignants, masque, oxygène, Levez un peu la tête Madame, un médecin va venir tout de suite. Une femme en blouse blanche a débarqué. J'étais debout un peu en retrait, on ne prêtait guère attention à moi. Leurs quatre têtes penchées au-dessus du lit, ils ont devisé. Quelques mots inconnus se mêlaient à des chiffres. Le médecin a fini par relever la tête et ordonner : On la monte. Du bout de leurs mules en plastique, les trois soignants ont libéré les freins des roues du lit et se sont mis à courir en poussant ma mère. Devant l'ascenseur réservé aux brancards, le docteur m'a expliqué très vite qu'elle montait en réa, au 4e, je pouvais passer par les ascenseurs publics au fond.

J'ai attendu dans l'arrière-cour du service de réanimation, un long couloir cerné par des portes fermées, à l'exception d'une qui ouvrait sur une minuscule salle d'attente. J'étais seule à arpenter les lieux, oscillant entre les cent pas sur le lino qui crissait ou recroquevillée sur l'un des fauteuils dont le revêtement de tissu bleu bouclé démangeait. On m'avait promis que quelqu'un viendrait me voir. J'ai attendu plus de deux heures. La batterie de mon téléphone s'était vidée. Désarmée, j'ai fini par pousser l'une des portes coupe-feu qui donnait accès au cœur battant du service. Il n'y avait personne à l'accueil. J'apercevais des soignants passer dans le fond, entre les lits et les machines. Au bout de plusieurs minutes, l'un d'eux m'a repérée. Un jeune homme en pyjama médical rose, charlotte sur la tête, surchaussures aux pieds, est venu me parler. Il ne savait rien pour le moment mais oui, je pouvais aller prendre l'air cinq minutes, il préviendrait le médecin.

Je me suis perdue dans les étages et le labyrinthe des services avant de trouver, au rez-de-chaussée, une sortie précédée, miracle, d'une machine à café.

Je venais à peine de remonter lorsque j'ai entendu le claquement de la barre de fer et la porte coupe-feu s'ouvrir dans un soufflement. Une forme a pris place dans le contre-jour et a avancé vers moi. Plus elle se rapprochait, plus les traits d'un médecin se précisaient, avec les pans de sa blouse blanche flottant derrière lui, comme une cape de héros. On s'est assis tous les deux dans la salle d'attente. Il a écarté les jambes, avancé le buste, posé ses coudes sur ses genoux. Ma mère n'avait pas eu besoin de réanimation à proprement parler, juste un peu d'aide pour respirer. Elle était pour le moment endormie mais stable, ce qui signifiait… L'appareil téléphonique qu'il avait rangé dans la poche de sa blouse s'est mis à sonner. Il a répondu. Je n'ai pas entendu son interlocuteur mais lui a répété, Des convulsions ? J'arrive. Il s'est excusé, m'a expliqué qu'il avait une urgence, qu'il reviendrait. J'ai répondu, Évidemment, je comprends, allez-y. L'un de ses patients convulsait là-bas, de l'autre côté de la porte tandis que ma mère était stable, je comprenais. Mon attente goût cappuccino, lumière néon, a repris son cours. Une heure, deux heures, le temps s'étendait indistinctement comme pour donner raison à l'expression « une nuit interminable ».

À un moment, le médecin est réapparu sur l'un des fauteuils en face de moi. Il n'avait plus la même position.

La personne qui convulsait, c'était votre mère.

J'avais pensé à tout, sauf à cela.

La crise est contrôlée mais nous avons dû l'intuber, elle est inconsciente, dans un coma artificiel. Nous réfléchissons à la suite. Vous pouvez venir la voir mais prenez en compte qu'elle est sous machine, elle ne respire pas par elle-même, son torse se soulève par impulsions un peu brutales.

Il m'a conduite à travers le service où des appareils émettaient des bips à n'en plus finir et m'a désigné un espace où elle était alitée. Un tube lui sortait de la bouche, relié à un autre, des fils partout, d'autres bips, du vert, du rouge, du bleu, des silhouettes pyjamas roses, des blouses blanches, tout se mêlait dans un vaste gribouillis. En revanche, je distinguais très précisément, et cela me soulevait le cœur, m'indignait presque, les seins nus de ma mère. Je savais pertinemment qu'il s'agissait d'un corps parmi d'autres corps soignés et qu'il fallait que son torse soit ainsi, dévoilé, mais j'aurais tout donné pour le recouvrir.

On ne pouvait rien de plus pour le moment, je pouvais aller me reposer. J'ai téléphoné à Farell depuis l'accueil et mes paroles se sont confondues dans mes pleurs. Imagine, si je n'avais pas été là, elle serait morte sur le carrelage de la salle de bains. Faute de batterie, la conversation a été coupée.

Je suis sortie de l'hôpital, il faisait encore noir. J'ai marché dans les rues attenantes, jusqu'à l'ouverture d'un café où j'ai pu brancher mon téléphone. Il n'y avait pas foule. Un homme ceint d'un bébé en écharpe kangourou a pris un noir au comptoir. Un couple un peu amoché a commandé le premier blanc de la journée – ou était-ce le dernier de la nuit ? Assise à une table près de la vitre, je les regardais en tournant ma cuillère dans ma tasse sans m'en rendre compte. Je crois que j'aurais aimé que quelqu'un pose sa main sur la mienne, comme Selma l'avait fait lorsque je lui avais raconté mes agressions. Les événements m'avaient laissée sidérée, vide, incapable de prendre la moindre décision. Je savais simplement que je voulais rester près de l'hôpital, qu'il m'était impossible de rentrer chez moi. La matinée était destinée aux soins, je pourrais revenir vers midi, m'avaient annoncé les infirmières. J'ai avisé un cinéma de l'autre côté du carrefour. La programmation du samedi matin était destinée à un très jeune public, ce jour-là un film d'animation sans paroles sur le thème des contrastes. J'ai pris un billet. Je me suis assoupie sur un fauteuil rouge au dernier rang, bercée par les quelques notes de clavier qui accompagnaient les images. La lumière de la salle qui s'est rallumée m'a réveillée, le générique défilait à l'écran. J'avais reçu un message sur mon répondeur. Je n'ai pas tout compris, si ce n'était que ma mère avait été transférée dans un autre hôpital. Je suis sortie précipitamment, j'ai couru vers l'accueil du 4e étage. Une jeune femme a fait appeler le docteur. Ce n'était pas le même que celui de la nuit. Il m'a expliqué que l'hypothèse d'une embolie gazeuse, une bulle d'air dans les vaisseaux, avait été retenue. C'était fréquent lors d'un accident de cathéter. Une ambulance était venue chercher ma mère une heure plus tôt pour la conduire vers un établissement qui disposait d'un caisson hyperbare. Un quoi ? Je suis partie à toute allure vers le nouvel hôpital, situé en grande périphérie. Il m'a fallu plus d'une heure pour m'y rendre.

L'établissement s'organisait en plusieurs ensembles. On m'a indiqué celui de la traumatologie et j'ai traversé le parking, à gauche, barrière à droite, qu'est-ce que le type de l'accueil a dit déjà ? J'ai tourné en rond. Lorsque j'ai trouvé le bon bâtiment, et son panneau à l'entrée, Grande traumatologie – Blessés graves, la vétusté de l'infrastructure m'a saisie. La porte de l'ascenseur était rouillée, les murs de la cage d'escalier partaient en lambeaux, les carreaux des fenêtres étaient ébréchés. Je m'attendais à un lieu de haute technologie, immaculé, peintures luisantes et paillasses reluisantes, en fait de quoi ce n'était que décrépitude. Lorsque je me suis présentée en réanimation, encore la réanimation, on m'a informée que ma mère était déjà dans le caisson depuis une quinzaine de minutes, elle y resterait une heure en tout. Dans la salle d'attente lugubre, encore une salle d'attente lugubre, j'ai trouvé la documentation sur le fameux caisson. Il s'agissait de simuler une descente sous-marine pour faire baisser la pression dans les poumons puis remonter par paliers, pour évacuer l'air au fur et à mesure, comme le font les plongeurs, c'était d'ailleurs un matériel utilisé pour les accidents de plongée. La bulle maudite exfiltrée avec le souffle. Pour ce faire, ma mère allait descendre à quarante mètres.

On est venu me chercher, ma mère « remontait », tout se passait bien. J'ai été conduite devant la salle où avait lieu la manœuvre. Sur un petit écran accroché au-dessus de la porte défilait en noir et blanc une vidéo de l'intérieur exigu du caisson. Je ne distinguais pas le visage de ma mère mais je savais que la forme sous le drap, c'était elle, c'était son corps. Assise à ses côtés, adossée aux parois du tube, une femme en blouse blanche se pinçait le nez. On m'a expliqué que c'était l'infirmière qui était « descendue » avec ma mère, aucun patient n'était laissé seul dans le caisson. Le chef de service est passé. Son teint rosâtre m'a déplu, encore plus son antipathie. Il s'exprimait avec brusquerie et déférence. Il m'a prévenue que même si le caisson s'était bien passé, on ne pouvait pas savoir dans quel état se réveillerait ma mère, elle aurait peut-être perdu des facultés physiques ou cognitives. La « plongée » terminée, il est rentré dans la salle, en est ressorti dans la seconde. Quelques instants plus tard, j'ai vu passer ma mère endormie sur un lit roulant. Elle portait une blouse de papier tissé verte. Je lui ai caressé le visage, le brancard a roulé, on m'appellerait quand elle serait en box, un mot qui m'a évoqué l'équitation que j'avais pratiquée enfant pendant des stages d'été. Je n'avais jamais plongé mais j'avais mon quatrième galop. Le lit a disparu derrière deux portes coupe-feu à grandes vitres, j'ai reconnu le son moelleux que provoquait leur ouverture. La salle du caisson était restée accessible, j'y suis entrée. De nouveau j'ai été frappée par l'aspect ancien, vieilli, voire archaïque, de l'ensemble. Le caisson central, grand tube cuivré doté de hublots, ressemblait à un scaphandre historique. Sur des étagères murales qui paraissaient avoir été bricolées par un amateur, une multitude de petits éléments étaient rangés dans des caisses en plastique grillagé aux couleurs passées.

J'ai farfouillé dans l'une d'elles, décidée à commettre un minuscule forfait, seringue ou pansement, un prélèvement en guise d'amulette. Dans mes recherches sur les guérisseurs, j'avais lu des choses à propos des fétiches et je me souvenais d'un exemple : avoir sur soi un clou d'acier tordu cousu dans un tissu rouge permettait de détourner le sort.

Ma mère s'est réveillée peu de temps après, elle n'avait aucune séquelle. On m'a autorisée à la voir. Je savais de la nuit précédente que les services de réanimation étaient très peu cloisonnés pour que les médecins puissent intervenir le plus rapidement possible en cas d'urgence, urgences courantes dans ces lieux où la vie ne tient qu'à un fil. J'ai détourné la tête à la vue d'un lit où gisait une femme constellée de pastilles colorées, pour les branchements. Ses beaux cheveux bruns dégoulinaient sur ses épaules. Tout son corps renvoyait à la jeunesse. Debout, quelques personnes l'entouraient, elles pleuraient. Dans le box suivant, j'ai retrouvé ma mère, assise sur son lit, souriante, me reprochant d'être encore là.

Quand j'ai quitté le service en fin de journée, j'ai croisé l'infirmière plongeuse qui s'en allait elle aussi. Elle n'avait plus sa tenue de service mais un jean moulant et une blouse fleurie, les talons de ses chaussures claquaient à chaque pas. Je l'ai remerciée d'avoir accompagné ma mère dans le caisson, l'ai interrogée sur son métier. Elle m'a parlé de la formation que cela lui avait demandé, un entraînement sportif intense. Elle pratiquait la plongée par ailleurs. Jamais en croisant cette femme, dans la rue ou dans les transports, je n'aurais pu imaginer le métier qu'elle exerçait. Un peu comme la sirène.

Ma mère a passé deux jours dans l'hôpital au caisson puis une semaine en observation « chez elle », dans le service où elle avait déjà effectué deux séjours. Le personnel soignant l'a accueillie en commentant la belle frayeur qu'elle *leur* avait faite. À la maison, je me suis remise à travailler, j'ai retrouvé mon carnet là où je l'avais abandonné et l'interruption involontaire, une phrase crayonnée qui s'arrêtait avant la fin, a agi comme le constat de ce qui venait de se produire. Le temps s'était étendu en une masse sombre, noueuse, sable mouvant dans lequel je m'étais sentie aspirée et tout a recommencé, comme à l'ordinaire. J'ai achevé ma phrase.

L'été se terminait. Ma mère est rentrée à la maison, en pleine forme. Elle avait le teint frais, une énergie décuplée, un sourire permanent qui contrecarraient ma mine défaite. Une investigation simple et rapide nous a appris que le caisson produisait aussi cela : une réinitialisation du système. Quelques amis ont plaisanté, Michael Jackson utilisait un caisson similaire, non ? Youhou.

11.

Pour notre entretien, Daphné la sirène m'a donné rendez-vous chez elle. Elle habitait au dernier étage d'un immeuble moderne au sud de la ville. Quand elle m'a ouvert, j'ai été surprise par sa coupe de cheveux, très courte, et son air androgyne. La pièce principale dans laquelle elle m'a fait entrer était un grand rectangle aux murs et au sol blancs, très peu meublé, un canapé aux lignes rigides, une table basse, une chaise pliante. Il y avait un coin cuisine derrière un bar de bois. Elle a préparé deux cafés et m'a invitée à m'asseoir par terre, autour de la table basse. Ce n'était pas une amie de Selma pour rien. Elle avait réuni différents supports, textuels, iconographiques et musicaux à propos des créatures subaquatiques qui, à l'origine, dans la mythologie grecque, je le savais sans doute, étaient des femmes-oiseaux. Elle préférait les mythologies celtes et nordiques et leurs femmes-poissons. La transmutation avait eu lieu vraisemblablement au moment de la traduction latine de la Bible et s'était confirmée au Moyen Âge. Elle m'a montré les images de bestiaires médiévaux où les sirènes arborent une double queue dressée de chaque côté de leur torse nu. L'origine de l'imagerie porno, non ?

Elle vouait un culte au conte d'Andersen dont elle déplorait l'adaptation en dessin animé, qui avait détourné l'attention populaire du texte d'origine. Elle évoquait la description de l'incroyable palais sous-marin où vivaient la petite sirène et sa famille, les murs de corail, les fenêtres d'ambre, les fleurs par milliers, et s'émouvait de ce troc odieux passé avec la sorcière, sa voix contre des jambes. C'était cela qui lui importait le plus dans l'histoire des sirènes, tout ce qui était lié à leurs voix. Mythologies confondues, leur organe vocal était leur arme. Celle de la séduction et de la connaissance. Et c'est ce qu'on leur ôtait. On voulait les faire taire et c'était insupportable ! En fait de monstres, ce sont des libératrices. Je pensais de nouveau à Selma, au groupe. J'ai demandé à Daphné si elle considérait qu'être sirène était un acte militant. Elle m'a parlé d'engagement écologique, de retrouvailles de sirènes et de tritons organisées partout dans le monde pour dénoncer la pollution des océans. Elle a ouvert son ordinateur portable, a pianoté. Nous avons regardé une vidéo relatant ce type de réunions. Jeunes femmes et hommes à queue de poisson sur des plages exotiques, messages peints sur leurs torses ou dessinés dans le sable. *Save the oceans, save the planet.* On parlait aujourd'hui de sirènes professionnelles, il en existait plus de 1 000 en Australie. Elle m'a raconté comment elle était passé elle-même d'études en art appliqué à sirène. Cela lui avait demandé une préparation intense, elle avait suivi des cours de *mermaiding*, une activité aquatique aujourd'hui assez répandue, qui consiste à apprendre à nager avec une queue de poisson. J'ai posé des questions pragmatiques, techniques, sur les conditions physiques et matérielle de son métier. Elle m'a détaillé l'apprentissage de l'apnée, comment on s'accoutumait à ne plus respirer, à maîtriser son souffle. J'ai repensé à l'infirmière-plongeuse, suivait-elle ce type d'entraînement ?

Je lui ai demandé de me montrer son costume. Elle s'est levée, m'a fait signe de la suivre au fond de la pièce. La porte qu'elle a ouverte donnait sur sa chambre. Sur le lit recouvert d'un drap blanc, reposait l'immense mono-palme multicolore aux motifs écailles scintillants. Le soutien-gorge coquilles Saint-Jacques était installé un peu plus haut, la perruque aux longs cheveux blonds posée sur l'oreiller, ses mèches pendaient autour du coussin sans visage. J'ai pensé à la perruque de ma mère.

Daphné m'a expliqué la confection de sa combinaison, m'en a pointé les spécificités et précisé l'entretien qu'elle demandait. Il fallait souvent recoudre une écaille ou recoller un morceau de néoprène. Elle m'a aussi décrit la manière dont elle l'enfilait, allongée au bord de la piscine en commençant par les chaussons insérés à la nageoire, chaussons si étroits qu'ils lui blessaient les orteils comme les danseuses leurs pointes, puis, dans des contorsions diverses, elle glissait le reste sur les jambes, jusqu'à ce que tout le tissu soit déroulé et adhère à la peau. Elle rampait ensuite jusqu'au bassin et plongeait. Sur la coiffeuse en regard du lit, les produits de maquillage ultra-waterproof rivalisaient avec les nombreux accessoires que je lui ai fait nommer : filet-pochoir à mailles, perles à coller, *stickers*, brillants, paillettes, bijoux de cheveux… Sur l'écran de son téléphone, elle m'a montré l'une de ses réalisations, son visage transformé en étoile de mer.

J'ai voulu savoir comment elle transportait son matériel. D'un placard, elle a extrait un sac à dos de randonnée de taille moyenne : Là-dedans. Les produits dans un *vanity* et je roule la queue comme un duvet. La nageoire dépasse. Le tout pèse environ 20 kilos. Je me suis figuré l'image de cette fille dans la rue, sac au dos, nageoire saillante. Elle a attrapé sa tenue, me l'a tendue pour que je prenne la mesure de son poids. Elle l'a déposée sur mes avant-bras. Elle reposait là, comme un enfant endormi, abandonné. Je n'ai pas du tout aimé tenir cette queue de sirène vide dans mes bras.

Pour finir il a été question de Selma, des nouvelles que nous avions l'une ou l'autre de son voyage à La Réunion. Je ne l'avais pas revue avant son départ, qui avait eu lieu au moment de l'embolie de ma mère et nous avions seulement échangé quelques mails depuis. Daphné ne m'a pas raconté comment elles se connaissaient mais m'a semblé avoir des informations plus récentes que les miennes. Et de toute façon, elle en saurait plus en octobre. En octobre ? Oui, elle ne t'a pas dit ? Elle m'a trouvé un plan sur place pour un spectacle de sirène. J'y vais quinze jours !

Je suis allée à l'hôpital à pied. Je songeais au récit que j'allais faire à ma mère, certaine qu'elle apprécierait l'histoire du portrait de la femme-sirène. En chemin, j'ai croisé une femme à la dérive. Elle titubait dans la rue, ses longs cheveux gris et sales balançaient dans son dos au rythme de ses pertes d'équilibre. Elle tenait une longue canette de bière à la main, ses doigts l'enserraient comme les pattes d'un rapace. Je l'ai dépassée, elle a éructé : On ne peut plus dire non. On ne peut plus dire non. On ne peut plus dire non.

J'ai accéléré le pas.

Farell m'a téléphoné le soir. Il était en Russie pour préparer un prochain film. Ma mère, qui avait enseigné le russe, avait passé un an là-bas à

25 ans. Décidément, j'avais dit à Farell, vous avez beaucoup à partager !

À lui aussi, j'ai raconté l'entretien avec Daphné, avec un peu plus de morgue que lorsque je l'avais fait à ma mère quelques heures plus tôt. J'ai un peu ironisé.

Elle ne t'a pas plu ?

Si, si, enfin, je ne sais pas…

Je n'ai pas été complètement honnête avec Farell. Je ne lui ai pas dévoilé le fait que Daphné rejoignait Selma à La Réunion bientôt et que j'en éprouvais une pointe de jalousie.

12.

Fin septembre, une infection pulmonaire est venue compliquer les choses. Loin de nous le retour en grâce après le caisson, ma mère a été hospitalisée de nouveau, dans *son* hôpital mais dans un autre service. Elle souffrait et ne s'en cachait pas, j'étais dévastée. Un matin, lors de mon appel rituel, elle a fondu en larmes. Entre les pleurs et les quintes de toux grasse elle m'a fait part de son angoisse, elle se demandait si elle allait s'en sortir. J'ai couru la retrouver, faisant fi des horaires autorisés.

Ce matin-là, la cheffe du service faisait le tour des chambres pour rendre visite à *ses* malades. Elle a passé la tête à travers la porte de la chambre de ma mère et m'a tout de suite fait remarquer que j'étais mal *habillée*, le tablier de protection, la charlotte, Tout pendouille, venez donc par-là, et elle m'a rajustée comme une enfant. Comme elle prenait des nouvelles, ma mère lui a évoqué son moment de découragement, j'ai ajouté qu'elle avait pleuré. Ah ? Bon ? Elle a refermé la porte en disant, Je m'habille, je vais entrer. Derrière la porte fermée on l'a entendue invectiver le personnel. La 403 a pleuré, vous le saviez ? Pourquoi je ne suis pas au courant ? Elle a réprimandé. Elle est réapparue quelques instants plus tard, charlotte, masque et tablier bien en place. De son visage, on ne voyait plus que ses yeux derrière ses lunettes. Sa rudesse a disparu lorsqu'elle a ausculté *sa* malade. Elle lui tâtait les membres amaigris et tâchés de sang. Elle a dit : Vous savez, je sais tout. On me dit tout. Elle a soulevé le tee-shirt, les seins de ma mère pendaient sur son ventre. Elle a posé son stéthoscope sur son dos, sa respiration était brouillée, difficile. Elle a écouté. Je la sentais concentrée. Elle a commenté qu'elle n'avait pas besoin d'images, qu'elle *entendait.* Elle a décrit des fritures dans les poumons. Je pensais à la radio dans la maison de l'île où l'on capte mal les ondes, le grésillement perpétuel au-dessus des voix ou de la musique, insupportable à la longue. Je me demandais si ce qu'entendait la professeure était ce qui rendait la vie de ma mère insupportable. Elle a continué son examen, s'est entretenue avec *sa* patiente. Elle lui parlait posément, lui prenait la main, la regardait dans les yeux. J'ai pris la parole entre deux phrases pour apporter une précision. D'un geste, elle m'a enjoint de me taire et a ajouté, cinglante : Vous, vous n'existez pas. Ma mère a tourné la tête vers moi, et sur un ton dans lequel je ne savais pas s'il fallait déceler la moindre ironie (mais comment pouvait-il ne pas y en avoir ?), elle a répété : Tu as compris, ma chérie ? Toi, et elle a détaché les syllabes une par une, les a allongées en accentuant chaque mouvement de ses lèvres, Toi, tu n'ex-is-tes pas.

13.

Où se loge le début d'une idée ? C'était une question aussi vertigineuse que de se demander à quel moment précis la maladie s'était développée dans les cellules de ma mère. Le crabe était-il déjà là, enfoui sous je ne sais quelle pierre, inactif mais prêt à jaillir, pinces ouvertes vers ses proies ? Auquel cas, quel événement ou assemblage de causes avaient précédé cette attaque, la prise de pouvoir ? Si, au contraire, le mal était exogène, comment avait-il franchi la frontière du corps, comment s'était-il emparé de lui ?

Une idée, donc, se nichait-elle en nous avant d'éclore ou naissait-elle d'un faisceau de circonstances extérieures ? Et comment prenait-elle racine ? Pourquoi celle-ci plus qu'une autre ? J'imaginais une plante qui germerait dans mon cerveau et se développerait comme poussent les cheveux.

Ce remue-ménage intérieur venait du fait que je voulais comprendre comment m'était venue l'idée obsédante que le docteur S., celle qui m'avait battu froid en 403 et humiliée devant ma mère, cette femme à qui je n'avais rien trouvé à répondre, cette femme qui m'avait fait taire, cette femme contre laquelle je ressentais une colère immense, était une ennemie du groupe de Selma.

Et en me niant moi, elle avait nié la troupe à laquelle, désormais, j'étais certaine d'appartenir.

14.

Alors ?

Le son de sa voix est retombé dans la pièce, l'écho de sa vibration s'est confondu avec les particules de poussière dont je détaillais les mouvements suspendus autour d'elle. J'ai accroché mon regard à tout ce qui n'était pas le sien, les franges du foulard étalées sur les épaules, le cuir du sous-main, les bibelots qui traînaient sur le bureau, parmi lesquels une minuscule tortue en bois dont la tête oblongue était rattachée à la carapace par un tronçon articulé. Il y en avait une similaire sur le meuble à l'entrée de l'appartement dans lequel nous vivions quand j'étais enfant, je faisais opiner l'animal d'un coup d'index à chaque fois que j'entrais ou sortais. Il était préférable de me concentrer sur un autre objet.

Un grand cahier était maintenu ouvert sur la table. De la lumière se dégageait des deux pages blanches aux lignes pré-dessinées, lignes où bientôt seraient consignées mes paroles. Le vide de ces lignes m'a renvoyée au silence, qui prenait son temps.

L'analyste avait des mains fines, os et veines saillants. Elle soutenait son menton de la gauche, le coude reposé sur la table. La manche de sa blouse ample dégringolait sur l'avant-bras, l'os du poignet ressortait comme ceux des phalanges. De la droite, elle tenait un stylo à plume, qui m'évoquait un bistouri.

J'ai divagué jusqu'à ce qu'elle répète, sans inflexion interrogative aucune, après avoir refermé le cahier sur le stylo, ce qui a provoqué un mouvement quasi imperceptible de la tête de la tortue, retiré sa main gauche de son menton, relevé la tête, arrangé ses mèches blondes derrière les oreilles et s'être adossée au fauteuil, dans une attitude de résignation, comme si on pouvait recommencer, comme un nouveau début :

Alors.

Il y avait une fenêtre derrière, avec un garde-corps en fer forgé dont les ornementations s'organisaient en une succession de grands U à l'envers avec, à la base extérieure de chaque branche, un petit cercle. J'ai pris ma respiration comme avant un grand plongeon :

Vous savez, derrière vous, il y a des sexes d'hommes.

J'ai enchaîné avant qu'elle ait le temps de répondre, à coup sûr elle aurait répété, sans prendre la peine d'être interloquée, Des sexes d'hommes ?, enfin je ne lui en ai pas laissé le temps et je lui ai tout de suite demandé si ça lui donnait envie de se retourner, pour vérifier. Elle a rétorqué derechef, mais tranquille :

Me retourner ? Vous me demandez si je vais me retourner ? Contre vous ?

J'avais perdu ma balle.

Alors, qu'est-ce qui vous amène ici ?

J'ai expliqué ma réticence face à la lisibilité de ce qui se jouait-là, le bureau, le cahier, le stylo, les jolies mains et la tortue qui fait penser à l'enfance, et puis, ces sexes d'homme derrière elle… Je me sentais coincée, piégée.

Déjà que je me sens obligée de venir…

Elle m'a dévisagée, l'air content, satisfait.

Qui, ou qu'est-ce qui vous oblige à venir ?

Quand Selma m'avait engagée à la parole (et l'action), je savais bien qu'il ne s'agissait pas de cela. Mais je me débattais avec mes tourments, sombrais dans des affres familières, l'affliction gagnait du terrain, je devais apaiser mes tempêtes et je croyais savoir comment m'y prendre. J'y suis donc allée, un peu à reculons certes, persuadée cependant que c'était un mouvement nécessaire.

J'ai retrouvé les gestes, les attitudes, la chorégraphie. Les pensées qui flottent dans la salle d'attente, l'installation dans le cabinet, le silence initial et le premier mot tel le coup d'envoi d'une partie de jeu, les ponctuations dans le flot, les arrêts, le temps, le temps, les souvenirs, les liens, les rêves, on laisse venir, on dit ce qui vient, on examine, on pleure, on se demande beaucoup, on trouve peu. À la fin de la séance on remet son pull ou son manteau, on attrape son sac dans lequel on farfouille jusqu'à en extraire un porte-feuille dont on sort les billets correspondant au prix de la consultation, on les tend à celle ou celui qui pendant tout ce petit manège nous attend debout près de la porte. Les billets sont transmis, disparaissent on ne sait où, sur le bureau, dans une poche, on n'en sait rien, on est encore tout au rangement de son portefeuille et voilà que la personne qui nous fait face ouvre grand la porte, une main sur la poignée, l'autre tendue vers la sortie, un regard, Au revoir, Au revoir, et voilà, c'est terminé, on est sur le seuil, seul.

Finalement je me suis laissée aller, j'ai raconté. La maladie de ma mère, Farell, Selma, mes confessions, le groupe, la sirène, mes craintes, mes cauchemars. Je ramifiais, des nœuds se formaient, d'autres se déliaient.

Lors d'une séance, je tournais autour des mots pour en trouver de nouveaux, je lancinais, des bribes de phrases s'assemblaient en un tableau à la composition imprécise, des taches dégoulinantes, des aplats sans forme, je sentais bien que j'y étais sans y être, que je creusais un puits sans fond. Mon interlocutrice est venue me sauver en m'aiguillant d'une remarque. J'ai emprunté la bifurcation suggérée et évoqué les êtres avec lesquels je partageais cette intimité muette de la mélancolie. Comme l'analyste m'invitait à renchérir à propos de cette union des silences, j'ai voulu me distinguer et, ai protesté, avec un naturel qui, alors que j'y repense, me fait rougir d'embarras, j'ai rétorqué donc : Simplement, mon gouffre est plus profond.

La phrase résonnait encore dans ma tête alors que j'en réalisais le sens, ou plutôt le double sens. Les yeux de l'analyste se sont plissés. Elle a eu un mouvement de la tête vers le bas, puis vers le haut, elle a replacé ses cheveux derrière les oreilles, avant de reprendre d'un air entendu, Votre gouffre est plus profond ?

Passé un temps de silence respectueux, sorte de consentement sur tout ce que charriaient les mots que je venais de prononcer, j'ai pensé à me lever en disant simplement : On va s'arrêter là. En fait de quoi j'ai souri, très peu, juste ce qu'il faut pour montrer que j'avais compris, peut-être même y avait-il un peu de peine dans ce sourire.

Le temps filait et c'est elle qui a repris la parole finalement : On en reste là pour aujourd'hui.

II

1.

Des inscriptions sont apparues sur les murs de la ville. Elles fleurissaient la nuit et résonnaient entre elles. Mots de revendication, messages combatifs, cris de dénonciation, peints en capitales rouges sur des supports blancs. Leur origine, non revendiquée, était incertaine ; je supposais qu'ils étaient l'œuvre du groupe. J'ai pris en photographie toutes les banderoles que j'ai croisées, je voulais les collectionner pour ensuite les enregistrer lues à voix haute. Un matin, un message était inscrit sur le mur en face de chez moi, Le silence n'est pas la bonne voi·e·x, et j'ai imaginé que Selma en était l'instigatrice à distance. Comme si, à l'instar des sirènes, maîtresses *ès* voix de surcroît, elle prédisait quelque chose.

Son infection pulmonaire endiguée, ma mère avait repassé quelques semaines chez moi, puis reçu une grande nouvelle. Ses résultats étaient encourageants, elle était non seulement éligible à la greffe de moelle, mais une donneuse avait été trouvée. 99% de compatibilité. Nous avons surnommé cette femme anonyme la « petite sœur sauveuse ». L'opération ne serait pas compliquée, une simple transfusion, programmée à la fin du mois. Grâce aux nouvelles cellules souches, le sang de ma mère se renouvellerait. Le processus me demeurait assez étranger, un brin mystérieux, mais l'issue me suffisait. Elle serait sauvée. En attendant, elle retournait à l'hôpital pour la préparation.

En rangeant un peu les affaires de ma mère, je suis tombée sur une photographie de famille. Elle avait été prise au port de la ville où habitaient mes grands-parents, tous les deux présents à l'image, entourant leur fille adulte, ma mère. Le cadrage était très mauvais, en contre-plongée et en arrière-plan, les mâts des bateaux étaient obliques. Il y avait beaucoup trop de ciel et un des personnages était tronqué, à droite. J'avais six ans quand j'avais réalisé ce cliché. J'ai été émue de le trouver conservé par ma mère depuis.

Je me suis rendue dans une grande surface dédiée au matériel de bricolage et de décoration pour acheter un cadre à l'image. Je voulais l'offrir ainsi à ma mère pour son anniversaire afin qu'elle puisse l'exposer plutôt que de la garder dissimulée entre deux pages de son agenda. Les allées du magasin étaient désertes, ambiance fantomatique éclairée au néon. À l'entrée de chaque rayon, des écrans diffusaient des vidéos de démonstration des outils proposés en tête de gondole. J'en ai regardé une dans laquelle Roger, dont les gros muscles bombent le tee-shirt, s'exprime dans un français doublé, digne des pires caricatures. Roger construit une cabane de jardin. Il a entreposé tout son matériel sur la terrasse et il s'est muni d'un objet qui ressemble à un pistolet en jouet, c'est la Spax High Force, qu'il s'amuse d'ailleurs à faire tourner autour de son index passé dans la gâchette. Il dépose la chose un instant et s'attelle à soulever les poutres. Il s'accroupit, enlace le bois, ses muscles saillent, sa mâchoire se crispe, il pousse un cri rauque, se relève, assemble les éléments avant de les fixer à l'aide de sa super-machine qu'il manie avec dextérité. Roger commente tout ce qu'il fait: J'amorce. J'incline. Je troue. Il change un foret avant de s'attaquer à une planche plus épaisse et recommence. Commentaire: Ça rentre comme dans du beurre. Il est tellement fier qu'il n'arrête plus, il rentre, il sort, il exulte. Comme dans du beurre. C'était dégoûtant.

Un bonhomme à gilet vert m'a sortie de ma contemplation, Vous cherchez une perceuse-visseuse, Madame? J'ai sursauté et balbutié que non. Pour ma recherche, il m'a indiqué l'allée C12, après la quincaillerie.

Vis, boulons, écrous, chevilles étaient présentés en vrac dans des caisses, on aurait dit la salle du caisson hyperbare, avec tout le petit matériel dans les cagettes. J'ai plongé mes mains dans les clous, à la manière de ma mère qui plongeait les siennes dans les grands sacs de haricots à l'épicerie, et j'en ai volé un. Cette fois-ci, c'était la bonne amulette, je n'avais plus qu'à le tordre, un coup de marteau, et l'envelopper dans un foulard rouge.

J'ai trouvé un cadre simple au rayon suivant, et suis allée le régler en enserrant fermement mon clou dans ma main maintenue au fond de la poche de ma veste.

2.

J'ai entamé un atelier avec des lycéens. L'enseignante m'avait contactée car elle voulait réaliser un documentaire sonore avec ses élèves autour de la notion de « racines », qui était au programme de l'année. L'établissement était situé en banlieue, dans une zone où les hauts immeubles de logements projettent leurs ombres sur les anciens pavillons ouvriers.

Lors de la première séance, nous avons discuté. Comme je demandais à mon auditoire ce que leur inspirait le terme « racines », un jeune garçon à l'air gouailleur a hurlé, Ma mère, Madame !, ce qui a provoqué l'hilarité de ses camarades et fait fuser des commentaires tels que, Et pourquoi pas ton père, il est trop moche ? Tu tiens de lui ?

Je leur ai dit que cette réponse spontanée me touchait, moi qui, en ce moment, m'occupais de ma mère malade. Ah désolé, Madame, je savais pas.

D'autres élèves ont évoqué des lieux, la ville où nous étions ou leur pays *d'origine*. Cela a suscité des questionnements : venait-on plus d'un lieu ou d'un être ? Et appartenait-on à un lieu ou à un être ?

L'enseignante leur a fait remarquer que le terme racine venait du latin *radix*, comme radical ; à la racine, à l'origine, on parle de ce qui nous constitue, nos fondations, tel le radical du verbe auquel on adjoint une terminaison.

La discussion a été animée.

Je leur ai demandé de réfléchir à une photographie qu'ils pourraient prendre dans leur environnement pour illustrer nos propos et de me l'*écrire* pour la prochaine séance. Écrire une photographie, Madame ? Leur ton était quasi celui de l'indignation. Oui, je ne veux pas d'images, juste quelques lignes pour raconter l'image que vous auriez pu prendre. C'est ainsi, leur ai-je expliqué, que nous allions construire notre univers sonore.

3.

J'ai obtenu une autorisation de sortie pour le jour anniversaire de ma mère. J'ai préparé deux gâteaux, l'un aux fruits, l'autre au chocolat, en espérant être à la hauteur des recettes de la cuisinière. Je les ai disposés sur des jolies assiettes, autour d'un bouquet de fleurs fraîches dans un vase, le paquet du cadre emballé à côté et je suis allée la chercher à l'hôpital.

Elle m'attendait pour mettre ses habits de ville. Elle devait par ailleurs porter des bas de contention dont l'enfilage relevait de la prouesse. Elle m'a expliqué l'astuce que les infirmières lui avaient montrée, retourner la chaussette entièrement, placer les orteils sur la couture et dérouler d'un coup sec l'accordéon de tissu. J'ai pensé à Daphné et sa technique pour se revêtir de sa queue de sirène. Les pieds de ma mère étaient si gonflés que nous parvenions à peine à tirer les bas jusqu'au talon. Je suis parvenue tant bien que mal à les faire remonter sur les jambes fripées de ma mère, jusqu'à ses genoux boursouflés. J'ai emmailloté le haut de son corps dans plusieurs pull-overs et écharpes.

Un taxi nous a conduites jusque chez moi. Nous avons pris du temps pour gravir les trois étages. Je tenais ma mère par le bras droit, avec fermeté, et à chaque marche, je l'aidais à donner des impulsions à son corps affaibli. Nous faisions des pauses aux paliers, ma mère souriait, courageuse, elle se réjouissait d'avance de raconter cet exercice à son kiné.

Dans l'appartement, je l'ai assise sur le canapé, bien calée au fond, j'ai recouvert ses jambes d'un plaid. Il y avait une jolie lumière. J'ai préparé du thé, mis un peu de musique, le disque d'une chanteuse américaine à la voix grave, ma mère a chantonné en balançant la tête. J'ai fermé les yeux un instant, c'était dimanche, j'avais huit ans.

Elle a goûté des deux gâteaux avec gourmandise, j'exultais. Elle mangeait, elle dansait, elle vivrait. Je lui ai donné le cadeau qu'elle a ouvert doucement, avec précision, sans déchirer le papier pour pouvoir le réutiliser. Sa propre mère le lui avait enseigné.

Oh, tu as retrouvé ça.

Je me suis mise à côté d'elle sur le canapé, j'aurais aimé me pelotonner comme un chat contre son corps mais je retenais mon poids, de crainte de lui faire mal. Nous avons regardé la photo dans le cadre posé sur ses genoux. Il y a eu un long silence avant qu'elle ne reprenne.

Tu sais, il faut que je te dise, ton grand-père n'a pas toujours…

Sa phrase est restée en suspens.

N'a pas toujours quoi, Maman ?

Je m'étais redressée. Elle ne quittait pas la photo des yeux, ou plutôt, évitait de faire face aux miens.

Je ne me rappelle plus les mots qu'elle a utilisés. Même si elle y avait réfléchi, je ne suis pas certaine qu'elle les ait choisis, elle a dû, comme moi quand je m'étais dévoilée à Selma, faire avec ce qui venait. J'ai essayé de les retranscrire plus tard, le soir, après l'avoir raccompagnée dans sa chambre d'hôpital où j'étais restée avec elle jusqu'à la tombée de la nuit, jusqu'à ce qu'elle se mette à somnoler devant le téléviseur que nous avions allumé faute de pouvoir continuer à nous parler, après l'avoir embrassée sur le front et lui avoir murmuré, À demain ma Mamounette. Puis j'étais rentrée chez moi en marchant, un peu hébétée. J'ai regardé longuement l'exemplaire de la photographie que j'avais fait reproduire pour moi, pour en garder trace, je cherchais dans les yeux de la femme au centre, les yeux de ma mère jeune, une once de haine, ou de colère, ou de révolte, mais non, elle souriait, il y avait même de la tendresse dans ce sourire et la main de son père posée sur son épaule ne semblait pas la déranger, elle n'avait pas l'air de vouloir la dégager. J'ai dévisagé l'homme, mon grand-père, sa rudesse militaire me revenait, certes, mais aussi et en vrac, la poupée dont j'avais tant rêvé et qu'il m'avait offerte, les bougies étincelantes qu'il faisait brûler le soir de Noël, les pipes qu'il fumait et dont l'odeur me plaisait. Quant à ma grand-mère, je remarquais la position de ses bras, ballants, le long du corps, une attitude de découragement. Parmi les paroles que ma mère avait prononcées, j'ai retenu un verbe et l'ai inscrit dans mon carnet. À ma question, une question que je n'avais pas pu mener à son terme, Est-ce qu'il t'a…, ma mère avait répondu tout de go, Oh, non, rien de tel ma chérie, non, c'étaient des câlins, il m'*embrassouillait.*

J'ai téléphoné à ma mère au réveil, avant même de me lever, comme j'en avais pris l'habitude quotidienne. Je lui ai demandé comment s'était déroulée la nuit, elle m'a répondu qu'elle avait eu un problème, quelque chose n'avait pas dû passer, elle avait vomi.

Je suis sortie du lit, j'ai fait chauffer de l'eau pour le thé, inspecté mon appartement, les deux gâteaux entamés étaient restés sur la table dans leurs jolies assiettes. Je les ai balancés.

4.

J'ai envoyé à Selma le lien vers le portait de Daphné lorsqu'il a été diffusé. Elle a commenté le résultat comme le font les amis, avec une sincérité bienveillante. Elle saluait la structure du récit mais regrettait mon éloignement. Selon elle, j'aurais pu insuffler une dimension plus intime au résultat. D'une manière générale, elle m'encourageait à creuser ce sillon, loin de l'impudeur mais avec un soupçon de mise en danger personnelle. À propos des sirènes, elle me faisait remarquer que je n'avais pas exploré leur situation géographique, aux abords d'une île, en Grèce. Étrange coïncidence, n'est-ce pas ? Elle faisait référence à l'agression dont j'avais été victime à seize ans, sur une île grecque. Elle n'avait pas oublié…

Sinon, elle me décrivait aussi son quotidien réunionnais, faisait part des recherches en cours, des baignades de fin de journée au lagon et s'extasiait de deux de ses excursions, l'une « sous le volcan » – elle citait Malcom Lowry dont nous aimions follement le roman fou –, paysage lunaire et cratère vertigineux, et l'autre dans le cirque de Mafate, il fallait que j'imagine (et, à la différence de l'exercice que j'avais demandé aux élèves, elle joignait quelques photos à ses dires), un territoire dans lequel on s'enfonçait, d'ailleurs on disait *rentrer dans Mafate* comme s'il s'agissait d'un pays intérieur et on descendait un sacré dénivelé pour y parvenir, une nature sauvage (et splendide) cernée par des montagnes, loin de la mer. Mafate c'était dans « les hauts » et la mer, « les bas ». D'ailleurs, certains habitants du cirque n'en sortaient jamais et n'avaient jamais vu la mer. Pouvais-je me figurer cette chose, habiter sur une île et ne pas connaître la mer ?

Mon analyse s'est intensifiée. Je cherchais à comprendre les répercussions des agissements de mon grand-père sur nos vies. Une des premières idées qui m'est venue, glaçante, concernait la maladie de ma mère, un cancer du sang. Et je me répétais qu'elle l'avait dans le sang, mon grand-père l'avait inscrit en elle.

J'étais par ailleurs intriguée par ma grand-mère. Savait-elle ce qui se passait sous son toit ? C'était une femme dont on disait qu'elle était *particulière* ou, *un peu fantasque.* On m'avait toujours expliqué que cela était dû aux électrochocs qu'elle avait subis à 18 ans à la suite d'un accès dépressif. Elle évoluait dans le monde, parée de sa folie douce qui s'était accentuée après la mort de mon grand-père quand j'avais une dizaine d'années. Elle avait alors intégré une maison de retraite pas loin de chez nous, dont elle s'échappait régulièrement pour aller voler du sucre à l'épicerie la plus proche. Le personnel appelait ma mère pour l'avertir. Un peu comme les médecins m'avaient prévenue il y avait quelque temps de la fugue jupe et miel de ma mère.

Qui fuyait quoi et qui ?

Une fois, j'ai fait un lien avec les agressions dont j'avais été victime, j'ai expliqué que comme moi, ma mère avait eu la chance que ça n'aille pas jusqu'au bout. Une chance, dites-vous ?, a repris l'analyste.

Les questions se bousculaient, les séances me permettaient de les formuler et par-là même d'en soulever des nouvelles, c'était vertigineux.

Comme je l'avais interrogée sur la venue de Daphné à La Réunion en réponse à son dernier message, Selma m'a décrit sa performance, dans un bassin de la réserve des tortues marines. Un franc succès. Elle m'envoyait une photo, Daphné, dans sa tenue de sirène, nageait dans un aquarium à l'eau émeraude, une immense tortue aux larges nageoires à côté d'elle. Et ne s'attardait pas sur le sujet car elle voulait absolument m'entretenir de son nouveau projet, embarquer à bord du

Marion Dufresne, le navire dédié au ravitaillement des îles Kerguelen, archipel du sud de l'océan Indien peuplé de manchots et de scientifiques en mission. Une expédition dans l'Antarctique, vers les Terres Australes et les quarantièmes rugissants, elle était très excitée. J'ai fureté en ligne pour trouver des images dudit navire, une embarcation massive qui me rappelait celles sur lesquelles avait navigué mon grand-père quand il était capitaine au long-cours et dont il conservait des maquettes dans son bureau, parmi des voiliers dans des bouteilles.

5.

Ma mère a reçu sa greffe. J'ai pu assister à l'opération qui n'en était pas une. C'était une après-midi. La poche de moelle a été accrochée à la place d'une autre poche, les différents tubes et tuyaux reliés et vérifiés, l'infirmière a tourné le bouton-robinet, le contenu épais a commencé de s'écouler. Nous avons un peu discuté pendant la transfusion, de choses et d'autres comme si de rien n'était, ma mère me montrait ses rangs de tricot, elle me parlait de ses lectures, m'interrogeait sur mon quotidien et celui de Farell, se plaisait-il en Russie ? Moins d'une heure plus tard, la poche était vide. J'ai observé ma mère et pensé qu'elle était remise à neuf, comme lavée de l'intérieur. Une nouvelle phase débutait.

Le quotidien de l'hôpital, pourtant, n'a pas changé. Je venais en fin d'après-midi, nous jouions au Scrabble. La porte s'ouvrait à intermittence régulière, une infirmière ou un aide-soignant, une température à prendre, une poche médicamenteuse à remplacer, une collation à déposer. Ma mère n'avait pas d'appétit et je me retrouvais souvent à grignoter sa clémentine ou émietter sa madeleine dans une tasse de thé.

Pourquoi tu ne m'as rien dit avant? ai-je osé lui demander une fois en fixant les lettres posées sur mon support en bois, GTDUIBN. Ma mère a répondu sans surprise, elle savait ce à quoi je faisais référence. Elle m'a expliqué avoir entendu à la radio un documentaire sur les secrets de famille, le poids qu'ils pouvaient représenter pour les générations futures, elle avait entendu des témoignages de personnes qui, sans être les victimes, développaient des troubles spécifiques à ces..., elle aurait dû dire traumatismes, mais non, elle a dit des troubles spécifiques à ces *événements*. Elle n'y avait jamais songé, à vrai dire, que cela pourrait m'affecter d'une manière ou d'une autre jusqu'à entendre ce reportage. Alors voilà, je t'ai raconté cet épisode. J'ai voulu savoir ce qu'elle entendait par *épisode*, combien de temps cela avait duré. Réponse : À un moment, je n'ai plus voulu. Une copine d'école m'avait fait remarquer que mon père était amoureux de moi, ça a été comme une révélation. Alors voilà, j'ai arrêté. J'ai noté intérieurement l'emploi de la première personne, je savais que mon analyste apprécierait.

J'ai continué avec mes questions. Est-ce qu'elle éprouvait de la colère à l'encontre de son père ?

Selma m'avait posé la même question concernant mes agresseurs. Et, comme moi, ma mère a nié. Il y avait même un soupçon de tendresse dans son intonation. Non, elle ne lui en avait pas tellement voulu. C'était un autre temps ma chérie, tu sais, et puis ma mère était un peu bizarre alors c'était bien d'avoir un père qui m'aimait, j'avais besoin de cette affection. Elle a concédé avoir eu recours à une analyse, Mais il y avait tellement autre chose, tu sais – et je ne savais pas du tout ce à quoi elle faisait allusion. Oooh, Scrabble, et sur mon compte triple ! Ah, ah, je vais t'avoir aujourd'hui !

À propos de son âge au moment des faits je n'ai pas su grand-chose, elle a évoqué la prime adolescence. Mon grand-père était déjà mort quand j'ai atteint la prime adolescence. Petite fille, il m'était arrivé de passer des vacances seule chez mes grands-parents, je n'avais aucun souvenir d'un comportement déviant. Ma grand-mère cuisinait des crèmes au chocolat et rangeait les papiers récupérés, mon grand-père fumait, enfermé dans son bureau. Nous sortions l'après-midi, il y avait un toboggan et un tourniquet sur la corniche, face à la mer vert-de-gris, on voyait des ferrys passer à l'horizon. Le soir, on me couchait tôt, avant le film. Agenouillés tous trois au pied de mon lit, il fallait réciter une prière. La porte ensuite se fermait, me laissant à la fraîcheur des draps et au noir de la chambre.

Les jetons glissaient sur les supports, se cognaient entre eux quand nous les manipulions, produisaient un son de maracas lorsque, avant de piocher, nous secouions le sac en tissu qui contenait la réserve. Ma mère a remporté la partie haut la main, elle était ravie.

6.

J'ai retrouvé les lycéens avec plaisir. J'étais curieuse de découvrir leurs productions. L'enseignante m'avait dit, sans me dévoiler le contenu de ce qu'ils avaient écrit, qu'ils avaient bien travaillé. Nous avons organisé une séance de lecture à voix haute de leurs *images pensées.* C'était un peu comme si nous feuilletions un album de photographies, en paroles. Certains étaient un peu timides, ils lisaient leur texte d'une traite, dans un filet de voix. D'autres imposaient un rythme, ce qu'ils appelaient un *flow.* L'ambiance n'était pas à la forfanterie cela étant dit, tous jouaient le jeu avec sérieux.

Nous avons ensuite relevé les similitudes dans ce qui était *apparu,* défini les harmonies. Beaucoup avaient, c'était bien vu, avais-je plaisanté, choisi de décrire des *vraies* racines. Ainsi de ce garçon qui avait repéré celles d'un figuier de Barbarie sorties du béton sur une dalle, il appelait cela une erreur de désert. Et moi, je me figurais les veines de ma mère dans lesquelles circulait son nouveau sang. Les veines saillantes, abîmées de piqûres.

Une élève avait choisi de décrire les deux grandes tours de bureaux qui se dressaient à l'entrée de la ville. Des fenêtres de l'appartement qu'elle occupait avec sa famille depuis sa naissance, au 9e étage d'une résidence, elle ne voyait qu'elles. Elles étaient *comme ses sœurs*. Elle aimait leur revêtement miroir sur lequel se reflétaient les nuages et les teintes du ciel, elle les comparait à des écrans de cinéma. Le soir, une ribambelle de petites lumières s'allumaient derrière les vitres, des confettis, des guirlandes. Un de ses camarades est intervenu, qu'il faudrait aller voir ce qu'il y avait sous les tours, si on voulait vraiment être dans le thème des racines.

Je les ai félicités pour leurs textes et leurs réflexions, et nous nous sommes mis d'accord sur les enregistrements que nous pourrions faire la prochaine fois.

Nous nous sommes attardées avec Judith, leur enseignante, dans un café situé à côté du lycée, en surplomb de la ville, derrière les vitres duquel on avait vue sur les fameuses tours. Il n'était pas très tard mais déjà la lumière déclinait en de belles teintes orangées, le bleu métallique des façades se dégradait dans un jaune-vert un peu froid tandis que les premières loupiotes s'allumaient derrière cette toile. Judith s'est enthousiasmée à propos de notre collaboration, d'une manière générale elle appréciait de tels échanges, elle y voyait une forme d'engagement, un élan vers le collectif, un espace – tout discret fût-il – de parole et d'action. Parole et action. Racines radicales. Selma tirait-elle encore les fils souterrains de cette rencontre ?

7.

Un samedi matin, je faisais le ménage en écoutant la radio. Dans l'émission qui avait diffusé mon portrait de Daphné, une femme racontait son métier de créatrice d'odeurs – odeurs et non parfums, elle insistait –, qu'elle exerçait à la fois comme scientifique et comme artiste. Elle évoquait ses collaborations avec des chercheurs, des plasticiens et, la plus récente, avec un créateur de mode qui lui avait commandé une « ambiance » pour son défilé. Elle parlait de notre mémoire olfactive, du nez de nos émotions, des molécules qu'elle prélevait sur les corps et dans la nature, parfois au gré de sacrées expéditions. Je reniflais l'air frais qui entrait dans l'appartement par la fenêtre ouverte, chassant l'odeur d'antiseptique du produit que j'avais utilisé pour briquer l'évier, bientôt j'allumerais une bougie aux herbes pour envelopper la pièce de lointaine garrigue. La sonnette a retenti.

En montant le zip de mon gilet ouvert sur un débardeur échancré j'ai pensé au facteur, à un colis, une lettre recommandée, au voisin peut-être, du sucre ou de l'huile pour le gâteau ? C'était Farell. Il avait une chapka sur la tête. Il a dit : Surprise, et m'a enlacée.

Ma mère a accepté, mais oui bien sûr, qu'il vienne avec moi à l'hôpital l'après-midi. Quand nous sommes arrivés, nous l'avons trouvée dans son lit, le corps bien calé en angle droit, à lire une revue. Elle portait son pull rose seyant, avait réparti ses petits cheveux dans une raie de côté et mis un peu de rouge sur ses lèvres fines. J'ai remarqué que ses joues se sont empourprées à notre arrivée.

Farell a beaucoup parlé de la Russie, ma mère était tout ouïe. Elle a décrit la ville de province très à l'est où elle avait été affectée, le bout du bout du monde pour la jeune femme qu'elle était, nous n'imaginions pas, et le régime d'alors, la surveillance permanente, toujours quelqu'un sur ses traces, son journal intime avait été subtilisé avant son retour et son idée était d'aller le récupérer un jour, maintenant que les archives soviétiques avaient été ouvertes, Ça ferait un beau documentaire à réaliser avec ma fille, non ? Je connaissais cette histoire, la portais en moi comme un espoir aussi. Farell a interrogé ma mère, mais pourquoi la langue russe ? D'où lui était venu cet intérêt ? Une partie de la réponse ne m'était pas étrangère, il s'agissait de trouver une spécialité étudiée seulement dans les universités de la capitale, quitter le port trop sombre et triste où elle vivait avec ses parents, mais ce n'est pas ce qu'a répondu ma mère à Farell, elle n'a pas dit qu'elle voulait vivre sa jeunesse loin du port sinistre, elle a dit, d'un coup d'un seul, sans réfléchir, comme une évidence, étonnée presque qu'il ne soit pas au courant: Il fallait bien que j'échappe à mon père.

Nous avons dîné Farell et moi dans mon appartement, assis par terre autour de la table basse sur laquelle brûlait la bougie garrigue, d'œufs de poisson et de blinis, en buvant de la vodka qu'il avait rapportée. En fin de soirée, j'ai raconté les confessions de ma mère à propos de mon grand-père, mon désarroi, mes questionnements. Quand? Quoi exactement? Et ma grand-mère? Et pourquoi n'avoir rien dit? Et qu'est-ce que ça pouvait faire? Je savais ce qu'était la peur, j'avais été agressée. Qu'est-ce que cela faisait quand cela venait de son propre père? Qu'avait ressenti ma mère? Et pourquoi elle ne lui en voulait pas? Je n'arrêtais plus de parler, je n'étais que paroles, des tas de phrases se construisaient malgré moi et se retrouvaient hors de moi où elles trouvaient à s'assembler, se tresser, dans des associations abominables, je tremblais mais continuais, aspirée par mon propre flot. Jusqu'à ce que – j'y ai pensé plus tard –, jusqu'à ce que j'aie épuisé tout ce que je pouvais dire ce soir-là, jusqu'à ce que mon corps lâche, terrassé par l'énergie que ces mots lui avaient coûtée, parler avait été un intense effort physique. Je me suis réveillée au milieu de la nuit dans mon lit, incapable de me souvenir quand ni comment je m'étais couchée, angoissée comme jamais, des nœuds en moi que l'on serrait et resserrait. Farell était là, tourné sur le côté, endormi. J'ai posé ma main sur son épaule, ai regardé son souffle diriger le mouvement, haut, bas, haut, bas. Les yeux écarquillés au milieu de la nuit, j'ai tenté de me remémorer la fin de soirée mais rien ne venait. Comment était-ce possible ? Qu'avais-je oublié ? J'ai essayé différentes techniques pour me rendormir, le corps lourd qui s'enfonce dans le sable, les membres un à un, qui pèsent, l'expiration longue, lente, l'image apaisante. Rien n'y faisait. Une heure a passé. J'ai repoussé la couette, je me suis levée et j'ai cherché dans le noir quelques vêtements. Le parquet grinçait tandis que mes yeux s'habituaient à l'obscurité et parvenaient à distinguer un tee-shirt en boule à la place d'une tête de monstre sur le fauteuil. Malgré toutes mes précautions, Farell s'est réveillé avant que je ne quitte la chambre. Viens, reviens, a-t-il susurré en faisant fi de mes protestations. J'ai capitulé. Il s'est assis dans le lit, m'a accueillie dans ses bras et je lui ai demandé de m'expliquer ce qui s'était passé. Rien, rien, tu as bu la vodka trop vite, tu m'as beaucoup parlé puis, sans crier gare, tu t'es tue, tu t'es allongée sur le tapis, tu es venue poser ta tête sur mes genoux et 30 secondes plus tard, tu dormais. Il riait tout en me caressant la joue dans un mouvement de consolation. Tu as un peu grogné quand je t'ai relevée, je t'ai aidée à te déshabiller puis à te mettre au lit et voilà, c'est tout. J'ai balbutié des excuses, expliqué que je ne pouvais plus dormir depuis un moment, que j'avais paniqué et sans m'en rendre compte, enfin sans sentir que cela allait venir, j'ai fondu en larmes, des grosses larmes hoqueteuses qui m'étouffaient, j'arrivais à peine à reprendre ma respiration. Je me suis recroquevillée encore plus, pleurant toujours, Farell continuait de me caresser, je ne me rappelais pas très bien ce que j'avais dit si ce n'était que ça parlait du secret de ma mère, des horreurs commises par mon grand-père, des agressions dont nous avions été l'une et l'autre victimes. Voilà, c'était tout.

8.

Il y avait une dernière séance avec les élèves. J'avais exceptionnellement emprunté un bus qui m'avait déposée au-dessous de l'esplanade des tours qui apparaissaient en contre-plongée. Au premier plan, un buisson foisonnait, si bien que les tours avaient l'air d'en émaner, on avait l'impression qu'elles avaient poussé de l'arbre. J'avançais, les tiges miroitantes s'approchaient. Je ne les avais jamais vues de si près et je me suis aperçu que les parois qui se faisaient face, en plus de refléter le ciel, se reflétaient l'une dans l'autre.

J'ai retrouvé le groupe en classe. Nous avions une journée devant nous, l'ambiance était studieuse et enthousiaste. Nous avons d'abord discuté technique, tenté des prises avec l'enregistreur que j'avais apporté et réparti les rôles entre ceux qui s'attacheraient à la prise de son et ceux qui feraient office de personnages de notre documentaire.

Nous nous sommes ensuite rendus sur le terrain vague en surplomb de la ville, celui où un élève avait décrit la racine de figuier de Barbarie. Une vaste dalle en béton dominait un bras d'autoroute. La vue, dégagée, était impressionnante, la ville s'étendait sous nos yeux, elle dégoulinait. La dalle avait été aménagée en quatre espaces : vert, sportif, ludique, rien. Au milieu, un ancien camion de pizzas abandonné. La carrosserie était défoncée et sa peinture colorée était passée. Les roues arrière crevées déséquilibraient la carcasse. L'espace vert était planté d'espèces de cactus et autres plantes désertiques dont des tout petits panneaux navrants indiquaient les noms et la provenance. Côté sport, quelques barres de métal haut placées et une cage de football au filet éventré. Pour ce qui était du ludique, il était figuré par un tourniquet rouillé. Et le rien, par un tas de gravats. Les élèves ont décrit le décor, et fait en sorte de capter la résonance du lieu, comme nous en avions discuté. Ils ont, c'était leur expression, « enregistré l'air » et le crissement de leur semelle sur le bitume, ils ont frotté les barres métalliques et ont fait faire quelques révolutions au tourniquet grinçant. J'ai pensé au tourniquet sur lequel je jouais pendant les vacances chez mes grands-parents.

Nous sommes redescendus vers les deux tours à l'entrée de la ville. Sur le chemin, plusieurs des élèves m'ont montré leur habitation. Juste avant d'arriver, nous avons dû contourner un grand chantier : un immeuble d'une vingtaine d'étages se dresserait là bientôt. À ce stade, l'immeuble n'était que fondations et nous avons observé la béance creusée par les pelleteuses. Des cylindres de fer à béton s'enchevêtraient en un grillage régulier. Cela faisait penser à un jeu de construction ou un château de sable, un peu des deux, c'est ainsi que les élèves l'ont dit au micro. Au pied des deux tours je leur ai demandé la hauteur des édifices. Aucun n'avait la réponse, certains ont tenté de compter, à raison de deux ou trois mètres par étage, se sont arrêtés en route, d'autres ont pris la piste de la comparaison, Plus hautes que la tour Eiffel, ou non ? On compte l'antenne sur le toit, Madame ? Enfin, cela a permis de donner corps, et surtout voix, à notre sensation d'être minuscules, écrasés par l'immensité des tours. Nous nous sommes photographiés alignés devant l'une d'elles. Forte de mon observation du matin, je savais qu'en regardant bien l'image, on nous verrait aussi dans l'autre tour et à l'infini.

L'après-midi, de retour en classe, nous avons écouté nos prises. Les élèves avaient honte de s'entendre comme on peut trouver repoussante une image de soi. Sérieux, on dirait que j'ai 12 ans. Nous avons discuté de la voix, ses inflexions, son timbre, ce qu'elle disait de nous. N'était-elle pas presque plus intime qu'une photographie ? Une élève m'a alors demandé : Est-ce que vous avez enregistré votre mère ? J'étais si décontenancée que je suis restée silencieuse pendant une longue minute. La jeune fille s'est excusée. Non, non, je lui ai dit, ne sois pas désolée, c'est simplement que je n'y ai même pas pensé.

Nous avons continué en choisissant finalement ce que nous conserverions et écrit le scénario de notre documentaire dont j'avais en charge le montage. Nous nous sommes donné un rendez-vous pour une séance d'écoute collective un mois plus tard. Pourtant, au moment de nous quitter, ils m'ont saluée comme si c'était la dernière fois que nous nous voyions, Bon courage Madame, et surtout à votre mère.

Sur le chemin du retour, je songeais à la voix de ma mère que je n'avais jamais enregistrée, que je n'avais enfermée sur aucune bande-son. Je n'en revenais pas et je me demandais s'il fallait que je le fasse désormais, si ce n'était pas risqué, si cela ne provoquerait pas un malheur, n'agirait pas comme un sortilège maléfique.

9.

Farell était rentré au Canada, Selma arpentait les mers du pôle Sud et moi je demeurais sur place, à l'arrêt. Cela faisait des années que je n'étais pas restée plusieurs mois dans ma ville, dans mon appartement. Mes projets me menaient d'ordinaire par les routes, souvent au-delà des frontières; j'appréciais ce mouvement, cette pointe de nomadisme, cette partition à la cadence irrégulière. À part les visites à l'hôpital et les rendez-vous avec l'analyste, je n'avais aucune obligation. La fin de l'atelier au lycée m'avait laissée désœuvrée. Je continuais mes recherches sur les médecines alternatives un peu mollement. Je savais pertinemment que sans un entretien avec Eugène, qui m'avait inspiré le sujet et l'incarnait, je ne pourrais pas aller beaucoup plus loin. J'ai appelé Jean, un ami responsable d'une association dédiée à l'aide alimentaire. Il s'est moqué de moi quand je lui ai expliqué que j'avais besoin d'action. Tu deviens activiste, maintenant? Et sinon, comment va ta mère?

Le hasard a voulu que Jean m'envoie proposer mes bras et ma bonne volonté dans l'antenne de l'association de la ville où était situé le lycée de l'atelier que je venais de terminer. J'étais heureuse de retrouver cette banlieue, les tours miroirs comme ancrage. Le chantier attenant avait avancé, les fondations étaient posées. J'ai traversé les rues que nous avions empruntées avec les élèves de Judith. Le local se trouvait en contrebas de la dalle désertique, celle des figuiers de Barbarie et du tourniquet grinçant.

Le directeur de l'antenne, Guy, m'a accueillie comme si j'avais toujours été là et que je savais exactement ce que je devais faire. J'ai saisi que les tâches consisteraient en la réception des denrées et la constitution de colis le matin, leur distribution aux bénéficiaires l'après-midi. En attendant que *l'action* commence, j'ai essayé de me fondre dans le décor, une vaste salle sans âme, carrelage blanc, crépi au mur, remplie de tables, de cartons et de réfrigérateurs. Je me suis adossée à un poteau, gobelet de café fondu par le café bouilli à la main. Il y avait Rose, Annie, Fanfan, Pascal et Michel, dont j'ai glané les prénoms en les écoutant papoter de leurs histoires de voisinage. Tous habitaient la ville. Tous me semblaient plus âgés que ma mère. Sans que cela soit annoncé, ils se sont mis à ranger les paquets qui encombraient tous les espaces. Laits, pâtes, couches… Il s'agissait de faire de la place pour les livraisons qui arriveraient bientôt. J'ai fait ce que j'ai pu pour les aider.

Quand les camions sont arrivés, branle-bas de combat, nous sommes sortis, qui ses bras, qui son chariot, qui son diable en guise d'outils. Les livreurs, un ou deux par camion, arboraient des gilets jaunes, pour la sécurité. Je ne sais plus lequel de l'association a fait une plaisanterie, Vous avez du retard, vous vous êtes arrêtés à un rond-point ?

Nous avons réceptionné des palettes d'œufs, des kilos de farine, des cageots de tomates, des centaines de packs de yaourts, des cartons de plats surgelés. Ces derniers posaient problème : il ne fallait pas rompre la chaîne du froid, au risque de rendre ces produits toxiques, or les congélateurs de l'antenne étaient tous presque pleins. Il a fallu porter les cartons en toute hâte à l'intérieur, les ouvrir, les vider et entreposer les sachets de poulet cuisiné un à un bien à plat, de manière à ce qu'ils occupent le moins d'espace possible dans les bacs où il en restait un peu. Ensuite, j'ai été aux tomates. Rose m'a demandé de répartir les kilos reçus en sachets de 300 grammes, afin de pouvoir servir la centaine de familles qui se présenteraient tout à l'heure. Je n'ai pas pu m'empêcher de penser à la réflexion que ferait ma mère, que ce n'était pas du tout la saison des tomates.

Nous avons été prêts à l'heure, les casiers entassés les uns à côté des autres par catégorie, définissant un parcours: légumes, fécules, produits laitiers, céréales, bébés (couches et petits pots) et pour finir, le stand surgelés, portions bien à l'abri dans les congélateurs. Il y a eu une pause sandwich, jambon ou mousse de canard. Une discussion s'est engagée entre deux bouchées à propos de l'organisation du local. Guy avait ses idées, Fanfan et Rose les leurs, ça achoppait un peu. Michel et Pascal grommelaient dans leur coin. Puis plus personne n'a parlé, il n'est resté que le bruit de mastication.

Les familles ont commencé à arriver alors que nous avalions la dernière gorgée de café. Guy est sorti leur demander d'organiser une file à l'extérieur, préparer leur carte à points et ouvrir leurs paniers afin d'assurer le bon fonctionnement de la distribution. Rose m'a placée derrière la table des féculents et de nouveau donné quelques indications sur mon rôle. Les femmes et les hommes se sont succédé devant chaque stand, nous devions leur donner ce à quoi ils avaient droit à chaque fois. Ça criait et s'agitait dans le local, il n'y avait plus assez de tomates, la montagne de briques de lait manquait de valser et pourquoi madame Xha a eu deux douzaines d'œufs alors qu'elle a quatre points seulement? J'essayais de suivre le rythme, de m'appliquer, de sourire aux personnes que je servais, de les aider à empiler correctement les denrées dans leurs caddies. En retour, j'ai reçu quelques remerciements mais surtout beaucoup d'indifférence. La distribution a duré deux heures. Avant que je m'en aille, Guy m'a offert une boîte de biscuits périmés. Je pouvais revenir la semaine suivante, ou pas, aucun engagement n'était demandé.

10.

Dans le cas d'une greffe de moelle osseuse, aucun rejet du greffon n'est possible. En revanche, les nouvelles cellules souches peuvent attaquer les cellules encore saines du receveur, provoquant une réaction spécifique appelée GVH (greffon versus hôte). Cette maladie est guettée ; elle est attendue – elle prouve que la greffe prend – et crainte à la fois – des complications surviennent. La GVH de ma mère a affecté ses organes digestifs, déjà bien amochés par les traitements précédents. Un nouveau protocole a été défini et l'hospitalisation s'est prolongée.

Les îliens, ses amis sur le caillou, se languissaient d'elle. Ils prenaient soin de la maison en l'absence de sa propriétaire, téléphonaient pour donner les dernières nouvelles locales, faits de vie ou de mort, dernière recette du restaurant, ouverture d'un commerce, travaux de voirie ou contestation d'aménagement littoral, amitiés et inimitiés politiques, programme d'une association culturelle. Ils évoquaient aussi les changements météorologiques, les lumières, décrivaient leurs promenades, transfiguraient grâce à leurs mots le paysage manqué en paysage ressenti. Certains usaient d'enregistrements sonores ou de vidéos. Un oiseau piaillait, la lande ondulait au vent, et ma mère fermait les yeux.

11.

Je suis retournée apporter mon aide à l'association les semaines suivantes. Je prenais mes habitudes, devinais le poids des sachets de tomates avant de les poser sur la balance, entassais de mieux en mieux les briques de lait et trouvais des truchements improbables dans les congélateurs. J'arrivais même à échanger une phrase ou deux avec certains représentants de familles qui venaient à la distribution. Une fois que je lui demandais des nouvelles d'une blessure à la main qu'il s'était faite la semaine précédente, Guy s'est vanté auprès des autres bénévoles que j'étais bien plus attentive et aimable qu'eux. Rose et Fanfan se sont amusées des hommes, ces chochottes, en me prenant à partie. Je suis repartie ce soir-là avec deux paquets de biscuits. Elles s'accumulaient dans le placard à côté des boîtes de médicaments entamées que je me refusais à jeter.

La fois suivante, en arrivant au local, j'ai senti de la tension. Le café n'avait pas le goût sympathique d'un début de journée gaie, de celles où Guy entonnait un refrain de Johnny en montant le son de la radio. Chacun s'affairait dans son coin et Michel, assis sur un tabouret devant le stand lait, la tête baissée, grognait. Je l'observais en catimini, ses cheveux trop longs, en paquets gras et grisonnants répartis par mouvements de peigne sur son crâne, sa peau du cou rouge et marquée, sa chemise à carreaux de tissu épais ouverte sur un tee-shirt élimé, son jean bleu passé retenu à la taille par une ceinture cloutée, ses bottines de cuir usé. Nous avons vaqué à quelques occupations en attendant la livraison qui, comme d'habitude, tardait à arriver. Michel s'acharnait sur l'organisation des piles de briques de lait, constatant avec colère que le classement en fonction des dates de péremption n'avait pas été respecté, novembre était au-dessus de septembre, bientôt, on allait se retrouver avec du périmé à distribuer. Et il s'est mis à défaire les piles pour mieux les réorganiser en soufflant et pestant. Le chantier était assez conséquent mais nul n'a osé lui proposer de l'aide. Pascal ricanait cependant et de l'autre bout de la pièce, il a lancé, Eh ben Michel, qu'est-ce qui t'arrive, t'as tes règles?

Le camion est enfin arrivé, conduit par une femme à la peau noire. Michel a chargé les paquets de sucre sur le diable en baragouinant une réflexion que personne n'a voulu entendre. D'un accord tacite, nous avons simplement mis en place une chaîne pour la suite et Michel a été affecté à l'intérieur du local.

La matinée s'est écoulée en silence. À la pause sandwich, tout de même, des bouts de week-end ont été racontés, un déjeuner en famille ou une promenade au parc au-dessus, le parc au-dessus d'ailleurs, t'as vu les loulous aux barres installées, celles pour la musclette, c'est dingue hein, une dizaine et bien gonflés dis donc, et ça rigolait d'évoquer les biscottos et la jeunesse de ces types. Michel lui, ne riait pas. Il bougonnait. Rose a tenté sa chance. Et toi Michel, t'as passé un bon week-end ?

La cocotte a cédé. Le jet de vapeur a pris la forme d'un flot d'injures avant de se transformer en un récit à propos de la nuit précédente, le sommeil empêché par une bande de gars au pied de la tour, ceux qui font de la musclette justement, de toute façon c'était toujours pareil ici, les types préfèrent tenir le mur ou montrer leurs muscles plutôt que bosser, même pas fichus de se bouger le cul, un discours de hargne, bavé, craché, éructé, qui s'est terminé par une diatribe sur les-Noirs-et-les-Arabes, qu'il leur casserait bien la gueule à tous, tant qu'on y était. Michel a tout lâché sans bouger d'un pouce, assis sur son tabouret, la tête un peu penchée en avant, le sandwich croqué dans une main.

Aucun commentaire. Rose s'est remise au tri des pommes de la semaine, il y en avait plein de véreuses qu'il fallait mettre de côté, je l'ai accompagnée, en jetant un œil à Michel, remis lui aussi en marche. Les semaines précédentes, il s'était toujours montré très gentil à mon endroit, souriant et m'aidant à déplacer les charges trop lourdes. Il était taiseux mais je l'avais catalogué dans la catégorie tendre renfrogné. Et voilà que cet homme, je le regardais. Et je continuais d'éprouver de la compassion pour lui, il me faisait de la peine. Pire, j'aurais pu le prendre dans mes bras et tenter de l'apaiser, le calmer. Je voulais consoler Michel.

Je ne suis plus retournée à l'association après cette scène. Comme j'avais un peu honte de cette fuite, je n'en ai pas parlé à Jean, qui ne s'est pas manifesté pour autant.

12.

Selma est rentrée, revenue de ses îles. Nous nous sommes retrouvées sur l'esplanade d'un musée et avons décidé de marcher avant d'aller voir l'exposition du jour. Nous avons cheminé au gré des rues et des inflexions de notre conversation, le trajet importait peu, tant qu'il rayonnait autour du musée et nous permettait d'ajouter des paroles aux paroles. Nous étions heureuses de nous revoir, tous mes petits agacements étaient oubliés. Nous avons essayé d'adopter une chronologie à nos récits personnels sans y parvenir, nous repartions sans cesse en arrière avant de nous rendre compte de notre désordre et établir un plan que nous ne suivions pas, D'abord ta recherche, après ton documentaire, ensuite ta mère, au fait comment va-t-elle ? Non mais d'abord l'Antarctique.

Dans les messages que je lui avais envoyés, j'avais dit à Selma que ma mère m'avait fait des révélations difficiles, sans apporter de précisions. Nous y sommes revenues au bout d'une heure. Selma n'y a pas été par quatre chemins, là où les mots manquaient, à ma mère autant qu'à moi, là où nous restions prévenantes et timorées, elle a posé un diagnostic ferme, inceste. J'ai objecté que non, pas exactement, c'était beaucoup plus compliqué que ça. Selma s'est arrêtée. Sur le mur de la rue, j'ai remarqué une inscription sanguinolente : Pas une de plus. Elle m'a regardée et m'a souri. Elle compatissait. J'ai eu envie de la gifler. J'ai gardé le silence et nous nous sommes remises en marche.

Plus tard, nous nous sommes rendues à l'exposition, tout un pan d'histoire de l'art montré à l'aune des créations réalisées uniquement par des femmes. Je ne savais pas quoi penser de ce parti pris mais j'ai constaté que tout en reconnaissant l'évolution des styles et des manières, un cheminement historique identifiable, un parcours classique, la majorité des artistes m'étaient inconnues. Selma exultait de son côté à observer les visiteurs qui, pour la plupart, elle avait calculé rapidement que cela représentait 80 % du groupe environ, étaient des visiteuses.

Nous nous sommes séparées après car il fallait que j'aille voir ma mère à l'hôpital. Je lui ai acheté le catalogue de l'exposition.

13.

Je souffrais d'une douleur persistante à l'épaule, j'ai pris rendez-vous chez un ostéopathe qui m'avait été recommandé, par qui déjà ? Cabinet ultra-chic dans quartier super-bourgeois, ce n'était pas mon genre. J'ai eu la sensation de ne pas être une cliente habituelle, trop ordinaire, un transfuge mal fagoté. J'étais seule dans la salle d'attente et j'osais à peine bouger, je n'ai pas touché aux revues de décoration bien empilées sur la table basse en verre.

Le médecin est venu me chercher avec vingt minutes de retard, l'air affairé. Il m'a reçue autour d'un bureau style Empire, bois acajou et revêtement en cuir vert qui détonnait avec le fauteuil roulant à posture ergonomique sur lequel il était installé. Il a pris quelques renseignements d'usage et m'a fait déshabiller. Il m'a observée debout, de dos. Bras droit levé, mouvements de tête, Ok, allongez-vous. La manipulation a duré une trentaine de minutes. Il posait ses mains sur mes membres, dictait des changements de position, sur le dos, assise, sur le ventre, et agissait. Il avait sa tête près de la mienne et je sentais son souffle fluoré. Je pensais à Eugène, sa cuisine dégueulasse et son chien puant.

La consultation s'est terminée autour du bureau. Genoux bien calés sur leur appui, le praticien a tapé quelque chose sur le clavier de son ordinateur avant de me fixer avec un air sévère. Pour seul diagnostic, il a énoncé, sur un ton menaçant : Il va falloir prendre soin de vous. Et il ne m'a pas proposé d'autre rendez-vous.

Sur le trajet du retour, j'arpentais les rues vides et sombres jusqu'à la station de métro, quelques fenêtres diffusaient une lumière chaude de salon cossu, je ruminais les paroles du type. Qu'avait-il vu ou découvert en moi ? Je me sentais pouilleuse, condamnée et furieuse. Je longeais une contre-allée où se succédaient des hôtels particuliers dissimulés derrière des hautes grilles noires. Quelle mouche m'a alors piquée ? Sur le fer forgé de l'une des grilles, choisie au hasard, de la pointe du clou-amulette que je conservais au fond de ma poche depuis que je l'avais volé au magasin de bricolage, sans avoir pris soin de ne le tordre ni de le nouer dans un tissu rouge, de sa pointe donc, j'ai gravé une bafouille à la va-vite : Par ici aussi.

Et je me suis éloignée en courant.

14.

J'ai reçu une longue enveloppe bleue sur laquelle mes coordonnées étaient écrites à la main. Cinq très beaux timbres y étaient collés, ils représentaient, à la manière de planches encyclopédiques, des oiseaux. L'enveloppe était en outre encrée de nombreux tampons. C'était une missive que Selma m'avait envoyée depuis le *Marion Dufrène – Posted at sea*, précisait une des encres. Chacun des tampons correspondait à une ancienne mission du navire.

Le courrier de l'Antarctique me parvenait après le retour de Selma. Elle avait choisi une carte postale représentant une cabane isolée sur la glace. Au verso, elle avait écrit quelques mots qui faisaient référence à mon travail sur l'île de Clipperton. *À toi la Passion, à moi la Désolation – c'est ainsi qu'on appelle les îles Kerguelen. J'ai vu de la grêle tomber à l'horizontale. Et un albatros. Je t'embrasse, S.*

Ça a réveillé en moi l'envie d'échappées.

III

1.

À ma naissance, ma mère avait désigné sa cousine adorée comme ma marraine. Aucun baptême n'avait scellé ce choix dans les traditions mais il était entendu que cette femme, bonne fée penchée sur mon berceau, aurait un lien privilégié à moi. Elle était un peu plus âgée que ma mère avec laquelle elle jouait, enfant, lorsque leurs parents respectifs se retrouvaient. À la suite d'une nomination de son père à l'étranger, Reine avait, à la fin du lycée, vécu quelques mois chez mes grands-parents, avant de rejoindre la capitale pour y entamer des études d'art, capitale qu'elle avait quittée à la mort de ses parents, pour s'installer à la campagne, dans une maison dont elle héritait et qui deviendrait sa résidence et son atelier. J'avais alors treize ans, et nous avions organisé un week-end dans la maison des bois, décor idéal pour une visite à celle que j'appelais ma fée marraine, en référence à *Peau d'âne*, que j'avais dû regarder une dizaine de fois, dont au moins trois avec elle.

On craignait que je m'ennuie, on m'avait donc permis d'inviter une amie. Bâtie dans une clairière au milieu d'un domaine forestier d'une dizaine d'hectares, la maison-cabane servait de repaire de chasse au château attenant où l'on tenait par ailleurs salon, c'était au XVIIe siècle et Jean de La Fontaine aurait fait partie des convives. Pour y arriver, il fallait emprunter une longue allée bordée de chênes au fond de laquelle, dans un halo de verdure, se dessinait la bicoque à colombages, la cheminée en brique crachant toujours un peu de fumée. Reine nous attendait devant la maison, telle une colonne taillée dans une pierre solide. Les traits de son visage, ciselés, renforçaient l'effet. De ses yeux verts comme le printemps, elle nous avait toisées, Rachel et moi, et avait détaillé nos tenues de pré-adolescentes citadines. Dans son gros gilet de laine et ses pantalons épais, elle avait raillé notre méconnaissance des usages locaux, ma mère avait levé les yeux au ciel, d'impuissance ironique.

Après le déjeuner, et malgré notre mauvais équipement, nous étions parties Rachel et moi nous promener dans les bois au moment où les deux femmes entamaient un café et une partie de Scrabble. Nous avions un appareil photographique jetable et l'après-midi avait été consacré à poser, sur des souches, contre les troncs, lascives et exagérément sensuelles, en pleine nature.

Le soir, alors que les deux femmes discutaient autour de la table de la cuisine, nous nous étions fait des confidences dans le grenier qui nous servait de chambre, en fumant, maladroites et toute lucarne ouverte, la cigarette que nous avions chipé dans le paquet de ma marraine. D'autres photos avaient été prises, en soutien-gorge, clope au bec.

Couchées, dans nos lits aux draps réchauffés par des bouillottes, nous frottions nos pieds au plastique brûlant en commentant nos sensations à voix basse. L'obscurité et le silence nous ont finalement enveloppées. Un frémissement nous est parvenu. Un froissement et le crissement du gravier autour de la maison. Rachel s'est assise dans son lit : Tu as entendu ? J'ai un peu menti pour la rassurer, elle s'est recouchée. Nous ne prononcions plus un mot, l'ouïe tendue vers l'extérieur. Bien sûr, le bruit est revenu. Mon cœur battait la chamade. Nous nous sommes raconté qu'un rôdeur était sorti de la forêt et attendait le bon moment pour pénétrer dans la maison et nous massacrer. Rachel a voulu que j'aille chercher ma mère pour la prévenir. Elle dormait dans l'autre grenier, de l'autre côté du couloir. C'était trop me demander, comment sortir de mon lit ? La peur me tétanisait. Alors j'ai tenté d'appeler, dans un filet de voix : Maman ? Aucune réponse. Plusieurs tentatives se sont révélées infructueuses.

J'ai haussé le ton. Maman ? Un peu plus fort, encore un peu plus, jusqu'à hurler. Maman ! Ma mère s'est réveillée. Mais enfin qu'est-ce qu'il y a ? Mes supplications ont eu raison de son ensommeillement, elle s'est levée et est venue nous voir. Au lieu de nous rassurer et nous cajoler comme je l'espérais, elle s'est fâchée. Enfin ça ne va pas, les filles ? On est à la campagne, c'est une bête. Vous êtes complètement mijaurées, ou quoi ? Je n'en revenais pas. Et face à la honte qui était la mienne alors, d'avoir une mère si brutale, de ne pas montrer à mon amie que chez moi tout n'était que tendresse et douceur, je suis restée muette. Nous avons fini par nous endormir mais le lendemain, et à notre retour au collège, j'ai bien senti que Rachel s'éloignait, qu'elle ne me pardonnait pas de l'avoir emmenée dans cette maison, avec des bêtes et des femmes sauvages.

Je n'étais pas retournée dans la maison des bois après cet épisode. Reine venait de temps en temps nous rendre visite. À chaque fois, elle m'emmenait au même musée, LE musée, disait-elle. Nous en arpentions les salles une à une, dans le sens historique, cochions d'une croix sur le plan où nous nous arrêtions, pour repartir de la marque la fois suivante. Le soir, elle fréquentait les théâtres et surtout les salles de danse, discipline qui provoquait chez elle une exaltation peu commune, et son brin de rudesse disparaissait dans la description des corps des danseurs, leurs gestes, leurs figures. Ainsi de cette danseuse qu'elle avait vue tourner sur scène pendant plus d'une heure, sans autre accompagnement que quelques rares notes de musique et de lumière, pouvais-je me le représenter ? La monotonie captivante, la sensation de vertige qui confinait presque à la nausée pour le spectateur. Reine avait repris à son compte les mots de l'artiste qu'elle avait lus dans le programme du spectacle. Elle s'était sentie presque en transe, une transe calme, sereine, apaisante ; on s'extrayait du monde en tournant. Je m'en souvenais car j'avais tenté l'expérience chez moi ce jour-là, une rotation en chambre pendant laquelle je m'étais violemment cognée à un coin de meuble, provoquant sur ma fesse un hématome gros comme une orange, qui était passé par des stades dignes d'une chorégraphie chromatique et formelle qu'aurait certainement appréciée Reine.

Nous avions depuis conservé une relation affectueuse mais un peu lointaine. Depuis le début de la maladie, le lien s'était consolidé. Reine ne venait plus en ville, absorbée par les bois et ses travaux de sculpture, mais elle était très présente. Elle téléphonait à ma mère plusieurs fois par semaine et à moi, au moins une fois. J'adorais le moment où la sonnerie retentissait, j'anticipais ses paroles au moment où je décrocherais, sa voix vieillie, un peu chantante, qui m'accueillait d'un Oh ma petite cocotte, comme je suis contente de t'entendre. Je m'installais, lovée sur le canapé, et lui racontais comment je trouvais ma mère, mon quotidien, les expositions que je visitais avec Selma. Elle voulait savoir ce que je mangeais, si je dormais bien. Lorsque je lui avais confié mes insomnies, elle m'avait aussitôt fait parvenir des ouvrages qui traitaient de méditation, travaux pratiques à l'appui. Elle en était devenue une adepte, m'en vantait les bienfaits. Elle me parlait de ses activités dans la forêt, du nettoyage de telle ou telle parcelle, de la venue de tel ou tel expert, et un peu de ses sculptures en cours. Elle m'attendait quand je voulais, pour une promenade en forêt, avec l'âge, je saurais désormais comment m'habiller, non ?

Quand je me suis enfin autorisée à quitter ma mère un jour ou deux, il m'est apparu comme une évidence que c'est là-bas que j'irais. Quelle volonté enfouie m'y a conduite ? Quel pressentiment ?

2.

J'attendais Reine à la gare. La nuit était déjà tombée, accompagnée d'un voile d'humidité glacée, je grelottais. J'ai eu l'impression de la revoir vingt-cinq ans plus tôt, dans les mêmes gilets de laine et pantalons épais, sa finesse robuste, son sourire, ses yeux pétillants. Dans la minuscule voiture aux roues boueuses, elle a monté le chauffage à fond. Ça faisait un bazar pas possible, la soufflerie avec la radio en fond et notre conversation par-dessus. Nous avons bientôt quitté les grandes artères bitumées pour les routes de campagne, l'intensité du noir, l'épaisseur de la brume. De la neige était annoncée pour le lendemain. Reine s'inquiétait que les tuyaux gèlent et que nous soyons alors privées de chauffage.

À la maison, la soupe était prête. Nous avons passé notre première soirée à la cuisine, attablées à discuter, comme ma mère et elle à l'époque. Reine avait ouvert une bouteille de vin, moi, un carnet. Je voulais qu'elle m'aide à comprendre ma mère, je ne doutais pas qu'elle savait quelque chose des confessions que cette dernière m'avait faites. Je me suis servie de l'histoire de la maison comme tremplin. Reine m'a expliqué comment ses grands-parents, mes arrière-grands-parents, étaient devenus propriétaires de domaines et de terres dans la région, créant avec la population locale une relation de hiérarchie et de domination dont elle avait encore du mal à se départir aujourd'hui. Elle était la petite-fille des propriétaires, eux, ceux des métayers, les rôles étaient établis. Elle le déplorait et œuvrait à une redéfinition des rapports, un rééquilibrage que son implication dans le bois lui permettait. S'occuper des arbres ensemble les rapprochait, quand son grand-père n'avait fait que les *gérer*. Elle a eu un commentaire sur ce grand-père que je n'ai pas compris, je ne connaissais pas bien l'histoire de mes aïeux et n'étais pas friande de généalogie. Enfin, elle a parlé de la génération d'après, un frère, son père, et une sœur, ma grand-mère. Quelle beauté c'était ! Tu as déjà vu des photos d'elle jeune, j'imagine ? Ma mère conservait, oui, un portrait en noir et blanc de cette jeune femme splendide. Elle avait des traits réguliers, des boucles vaporeuses, et déjà cet air un peu éteint que je lui ai toujours connu. Tu sais comment elle a rencontré son mari, mon grand-père ? Ce tyran, a commenté Reine.

Elle savait, comme je m'en doutais, ce qu'il avait eu comme comportement avec ma mère. Ses mots étaient durs, tranchants. Elle condamnait.

Ah ça non, ta mère est bien trop gentille, c'est impardonnable ce qu'il a fait, ça a foutu nos vies en l'air.

Nos ?

Reine a entamé un nouveau récit. J'ai enclenché la fonction dictaphone sur mon téléphone sans l'avertir. L'enregistrement, que j'ai voulu retranscrire dans mon carnet plus tard, était très mauvais. Mais ce qu'elle me racontait était clair. Quand elle avait vécu chez mes grands-parents, mon grand-père, son oncle par alliance donc, s'en était pris à elle. C'était pour cette raison qu'elle était partie.

Ta mère le sait, oui, mais nous n'en avons jamais parlé toutes les deux.

Comment es-tu certaine qu'elle est au courant si vous n'en avez jamais parlé ?

Il s'est tourné vers moi car, à cette époque, ta mère s'était défendue, elle l'avait envoyé paître. Il s'est rabattu sur moi et il le lui a dit. Un soir, je l'ai entendu lui glisser une remarque à ce propos, « de toute façon, elle est bien plus jolie que toi ».

Après un silence, elle a repris.

J'en ai beaucoup voulu à ta mère car j'ai longtemps considéré que ce qui était arrivé était de sa faute à elle, que je me retrouvais victime à sa place.

De nouveau, du silence.

Sales histoires, ma cocotte, je suis désolée. Tu veux une dernière goutte de vin ?

3.

Au matin l'odeur du thé fumé et des tartines grillées emplissait la cuisine. Aucune trace de notre dîner : pas une casserole dans l'évier, pas une marque de vin sur la nappe. Reine devait être levée depuis un moment. Elle était debout face à la fenêtre qui donnait sur l'allée arrière, meilleur poste d'observation des chevreuils, elle en avait déjà vu trois ce matin. Il n'avait pas neigé mais une couche de givre recouvrait l'herbe des bas-côtés et de la clairière.

Au centre de la table, deux pots de confiture étaient disposés, marmelade et gelée de coings, réalisations maison. Nous avons appelé ma mère, le téléphone déposé à côté des confitures, haut-parleur enclenché. La communication n'était pas très bonne, juste de quoi nous assurer que tout allait bien. De toute façon, j'étais certaine que ma mère, trop heureuse de nous savoir ensemble, me dissimulerait le moindre désagrément.

Après le petit déjeuner, Reine s'est attelée à la confection d'une pâte de margarine et de graines mêlées, ripaille destinée aux oiseaux. J'ai fredonné l'air de la chanson de Peau d'âne lorsqu'elle prépare un gâteau. Des supports à suspendre aux arbres étaient répartis sur la table, de petites planches de bois carrées percées d'un fil de fer vertical. J'ai plongé mes mains dans le saladier, réuni un peu de matière grasse et granuleuse entre mes paumes, l'ai agrégée en une boule autour de l'attache. Nous avons regroupé les planchettes dans un panier plat et nous sommes équipées pour sortir. Dans le placard destiné aux paires de bottes et vêtements d'extérieurs, j'ai prélevé un long imperméable marron et des bottes vert kaki. Reine m'a flanqué un chapeau sur la tête.

Une heure plus tard, les mangeoires balançaient aux branches nues des arbres de la prairie. On aurait une belle mélodie d'oiseaux le lendemain matin. Prédiraient-ils l'avenir, comme les sirènes dans leurs chants ?

Nous sommes parties en promenade par l'allée centrale. Je marchais sur les ornières du chemin. Reine ne cessait de franchir les bas-côtés pour aller arracher une branche, abaisser des fougères. Tantôt tête vers le ciel à examiner une cime, tantôt pliée en deux pour ramasser un champignon. Elle a découvert sur une souche une prolifération jaune en forme d'algue, qui lui a arraché une exclamation stupéfaite. Elle en a prélevé plusieurs morceaux et est revenue vers moi son panier rempli. Les spores à bord crénelés se mélangeaient. J'ai dit que ça ressemblait à de la cervelle. Reine a ri. On en reparle au déjeuner, ma cocotte.

Un peu plus bas, Reine m'a présenté la parcelle des « petits », un carré de forêt qu'elle avait passé l'été dernier à replanter de deux mille pins laricios. Dans un enchevêtrement de ronces et de fougères, elle m'a désigné quelques-uns des deux mille plants entourés de grillage de plastique noir destiné à les protéger des bêtes qui voudraient en faire pitance. Elle m'a détaillé l'opération qu'elle avait dû faire ligne à ligne, aplatir les feuillages, jusqu'à terminer à plat ventre, creuser, semer, mettre un repère, grillager. Elle passait à travers les plants en s'adressant à eux, s'émerveillait des progrès de certains, Oh tu as bien poussé, mon coco, regrettait la faiblesse d'autres, Aïe, tu ne veux pas y aller toi ! Et comme je plaisantais son ton maternel, Tu sais ma cocotte, ces arbres, ils vont me perdurer.

Nous nous sommes enfoncées un peu plus au cœur du bois, les branchages gelés craquaient sous notre passage. Reine ne cessait de collecter des petites choses qu'elle entreposait dans son panier, à côté des champignons-cerveaux. Une feuille à la teinte ocre, un gland lisse, un lambeau d'écorce de bouleau. Je sentais mes joues et le bout de mon nez rougir sous l'effet du froid et de la marche. Nos souffles produisaient une vapeur blanche.

Comme il était question de maladie, elle m'a parlé de celle des frênes, la chalarose, qui s'était répandue cette année. Cinq cents individus étaient touchés, il fallait les abattre avant la montée de sève, les bois seraient transfigurés. Elle en était bouleversée, mais elle ne voulait pas m'accabler avec ces histoires d'épidémie. Je l'ai encouragée à continuer son récit. Je pouvais repérer les malades à leurs marques orange, des projections de peinture qu'elle avait faites sur les troncs pour signaler à l'entreprise forestière les sujets à prélever au moment de la coupe. Les points de couleur fluo se détachaient sur le gris sombre des troncs. Ils dégoulinaient. J'ai instinctivement pensé aux inscriptions sur les murs de la ville.

En m'approchant j'ai découvert l'écorce entaillée de certains arbres, des reliefs aux formes singulières. Reine les a nommées des blessures, certaines causées par des animaux, les cornes des chevreuils qui frottaient, les groins des sangliers qui furetaient – et la voix de ma mère qui nous sermonnait Rachel et moi qui ne reconnaissions pas une bête à la campagne m'est revenue –, d'autres, le résultat d'impacts de chutes des arbres voisins lors d'une tempête ou d'une coupe, justement. Ces blessures étaient parfois irrémédiables mais le plus souvent, l'arbre se soignait lui-même. De la sève venait recouvrir la plaie, emplir les veinures abîmées et créer un pansement gluant. Cela leur demandait beaucoup d'énergie. Cependant qu'elle parlait, Reine caressait le tronc des arbres et je l'ai imitée, j'ai palpé les blessures.

Le ciel a viré au gris, l'atmosphère, sèche jusque-là, s'est humidifiée d'une bruine gelée. Le sol s'est ameubli et nos bottes s'enfonçaient sur le sentier, leurs semelles laissaient des traces dans la boue quand on les relevait dans un bruit de succion. Nous arrivions vers la maison quand la neige a commencé à tomber.

Nous avons tapé nos pieds sur le trottoir de brique qui cernait la maison. Sur le seuil de la cuisine par où l'on entrait, un tire-botte en forme de gros insecte nous a permis de nous déchausser. J'ai glissé en retirant ma deuxième botte, la fourmi rouge s'est renversée, une de ses antennes s'est brisée. Le petit morceau de fonte bordeaux faisait un effet pitoyable parmi les restes de neige boueuse et fondue. Reine m'a demandé de ramasser la blessée et son membre amputé. Elle ne pourrait pas s'en sortir toute seule, nous la soignerions plus tard.

4.

D'une étagère dans la cuisine, Reine a extrait un livre, un atlas des champignons sans illustrations. Les auteurs se justifiaient de ce parti pris dans une préface où ils louaient l'utilisation des mots, qui étaient plus précis que les images. Et de fait, lorsque j'ai parcouru l'ouvrage, j'ai goûté la diversité des termes. Armille, cespiteux, fimbrié, piriforme, scoribules… Nous avons trouvé que nos cerveaux était une espèce de clavaire, parmi lesquelles aurea, botrytis, formosa, truncata. On aurait dit des formules magiques.

J'ai mis le couvert pendant que Reine cuisinait l'omelette. D'instinct, je savais où trouver la vaisselle, les serviettes de tissu, les condiments. J'ouvrais les placards ou les tiroirs sans hésitation, comme si notre familiarité était inscrite dans la disposition des objets. Nous avons mangé assez silencieuses. La langue me brûlait de poser des questions à Reine à propos de mon grand-père mais j'attendais le moment opportun ; nous en étions à savourer l'omelette moelleuse aux champignons-cerveaux.

Au café, Reine m'a montré des ouvrages à propos de la gestion des forêts et les cahiers dans lesquels elle consignait les informations relatives à son bois, lignes de chiffres, dessins de parcelles ; loin de mes propres carnets. À propos de la chalarose et de la coupe à venir, 486 individus étaient désignés, 485 frênes et un merisier. Un mystère que ni Reine ni les spécialistes ne pouvaient expliquer. J'ai voulu aller voir le merisier. Cet arbre solitaire et malade, le seul contaminé de son espèce, cette étrangeté sans aucune justification logique, c'était ma mère. Et sa sève, son sang.

Reine m'a indiqué le parcours. Prendre l'allée nord, premier chemin à gauche sur environ 150 mètres, à gauche, puis, sur cette portion, deuxième coursive direction sud-ouest, troisième parcelle. Le seul merisier, tu ne pourras pas le manquer. J'ai écouté attentive, j'ai acquiescé et suis sortie sans avouer mon piteux sens de l'orientation, encore moins mes doutes quant à ma capacité à reconnaître l'espèce d'un arbre.

Seule dans la forêt, j'ai tâché de suivre la bonne direction, j'ai compté mes pas. En même temps, j'observais les racines, elles auraient plu à mon groupe de lycéens. On en voyait des bouts sortis de terre, serpents de bois sur lesquels les pas butaient ; imaginer leurs ramifications souterraines, leurs enlacements tortueux, était vertigineux. Je rêvassais. La formule d'un guérisseur que j'avais consignée dans mon carnet Eugène me revenait, un remède par les arbres : attacher une cordelette à la taille d'une personne malade puis à un peuplier tremble, qui la délivrera. Je n'avais aucune cordelette dont ma mère se serait ceinte, et n'étais pas certaine de la présence d'un peuplier dans la forêt. J'ai malgré tout entouré un tronc de mes bras et lui ai confié la guérison de ma mère.

J'étais perdue. Le merisier m'échappait. À l'orée du bois, j'ai longé un champ, la neige avait laissé des traces, confettis blancs épars sur l'étendue de boue sombre. Je me suis enfoncée de nouveau dans le rideau des arbres, le jour baissait. J'ai accéléré la cadence. Le bruit spongieux de mes pas m'accompagnait. Je ne sais pas par quel miracle j'ai retrouvé mon chemin et la trouée de la clairière.

Reine était affairée dans son atelier. La pièce, orientée au nord, baignait dans une atmosphère froide et sombre, imprégnée d'odeur de terre humide. Quelques-unes des créations récentes reposaient sur de hauts supports en bois clair. L'une d'elles a retenu mon attention. Une terre représentant une femme à genoux, cuisses étalées sur les mollets, ventre et poitrine en avant, bras au-dessus de la tête. Les marques laissées par les doigts de la sculptrice donnaient du relief à la matière. Reine était gênée, elle ne l'aimait pas, quelque chose dans l'attitude ne lui convenait pas. Je n'arrive pas à savoir si elle est libre ou soumise.

Sur la table de travail, une planche de bois soutenue par deux tréteaux, parmi les pots en fer remplis d'outils en bouquets, couteaux, ciseaux, râpes, reposait la fourmi et sa patte réparée, encore soutenue par une attelle.

5.

Au salon, Reine a préparé un feu dans la vaste cheminée de brique. Ses gestes étaient précis, soignés, on aurait dit qu'elle sculptait. Boules de papier journal froissé, petites branches en tipi, deux bûches en travers. Elle a craqué une allumette, l'a glissée par en dessous, elle a soufflé, le papier a pris, un crépitement a débuté, une légère odeur de fumée s'est dégagée, elle a soufflé encore un peu. Les flammèches sont venues lécher les bûches d'abord, avant de les envelopper, puis les prendre tout entières enfin.

Je me doutais que tu m'interrogerais un jour. Mais c'est tellement difficile d'en parler.

J'étais dans un fauteuil face au foyer, elle assise sur un tabouret bas devant le feu, je n'apercevais que son profil.

J'ai osé poser la question qui me taraudait le plus, à propos ma grand-mère, de sa possible complicité.

Ta grand-mère ne pouvait pas réagir. C'était sa tragédie personnelle qui se rejouait.

Et dans un déferlement de mots, j'ai appris l'histoire de ma grand-mère que Reine avait reconstituée à force d'allusions familiales. En plus d'être une beauté, ma grand-mère était une jeune femme gaie et talentueuse qui pratiquait le théâtre. À 17 ans, pour des raisons demeurées mystérieuses, elle avait été écartée de sa famille nucléaire pendant une petite année, envoyée chez des cousins éloignés qui habitaient en Suisse. À son retour, elle était transfigurée, si dépressive qu'on lui avait administré des électrochocs, avec le résultat que l'on sait. Il y avait une hypothèse sur les raisons de ce départ. Le père de ma grand-mère, le gestionnaire des forêts, avait mauvaise réputation, on lui prêtait un vice, celui d'aimer un peu trop les jeunes femmes, et celui d'avoir trop aimé sa fille. Trop aimé. Ma grand-mère aurait subi les assauts de son père et elle en serait tombée enceinte. On n'avait pas trouvé à la marier sur-le-champ ; elle aurait donc été envoyée loin des siens le temps de sa grossesse, revenue défaite, sans le bébé.

Je n'en revenais pas. J'étais sidérée et terrifiée.

Et cette histoire, ma mère la connaît, bien sûr ?

Si je l'ai sue, elle n'a pas pu ne pas la savoir.

Reine a remis une bûche dans le feu. Sur la table basse, parmi les livres d'art et les revues, traînait un catalogue d'outils destinés à l'entretien du bois, tout l'équipement pour les professionnels et les passionnés de l'arbre et de la forêt, indiquait le sous-titre. J'en ai tourné les pages machinalement. Machettes, tailles-haies, scies, serpettes. Des armes. Un homme vêtu d'un habit de protection en cotte de mailles présentait un modèle de tronçonneuse. Il brandissait la machine devant lui en arborant un sourire carnassier. C'était comme Roger dans la vidéo de démonstration du magasin de bricolage, on ne pouvait pas regarder cette image sans en déceler le caractère sexuel.

Quelques pages plus loin, au chapitre plantation de jardin, une femme enveloppée dans une fine combinaison blanche posait souriante, mains à la taille.

6.

J'ai passé une autre journée dans la maison des bois. Reine m'a conduite à un carrefour forestier où elle avait entreposé des souches d'arbres qu'elle trouvait très belles. Des sculptures naturelles. Nous avons passé un long moment à les débarrasser de la mousse et de la terre qui les recouvraient. Je grattais avec un petit bout de branche aiguisé, Reine y allait à mains nues, des mains épaisses et calleuses, ses mains d'écorce.

J'espère que tu vas faire quelque chose de tout ça.

Quelque chose ?

Quelque chose comme les choses que tu fais.

J'ai laissé les mots flotter un peu dans l'air.

Et toi, Reine, tu en as fait *quelque chose*, dans tes sculptures ?

Non, moi, je ne pouvais pas.

Et pourquoi moi, j'en serais capable ?

Parce que tu es la fille d'après.

La fille d'après ?

Oui, celle d'après. Alors tu vas raconter, et après, tout sera fini.

En remontant vers la maison, j'ai regardé Reine marcher devant moi. Elle s'est arrêtée à un croisement de sentiers pour m'attendre. Elle portait une tenue assortie aux teintes de la forêt, les branches de houx qu'elle avait ramassées prolongeaient ses bras. Elle se fondait, majestueuse, dans le décor, elle devenait arbre.

7.

Je me suis précipitée à l'hôpital dès mon arrivée en ville. J'ai trouvé ma mère – était-ce de ne pas l'avoir vue pendant quelques jours, d'avoir pris un peu de distance ? – affaiblie. Son état me sautait aux yeux comme si je le découvrais. Ses membres étaient maigres, le haut de son torse violacé, ses bajoues gonflées par la cortisone dégoulinaient dans son cou, ses yeux vitreux. Elle m'a souri et j'ai vu ses dents sales, un peu grises. Elle m'est apparue terriblement vulnérable.

Je n'ai pas pu me retenir, je lui ai dit ce que j'avais appris de la bouche de Reine. Le fait que mon grand-père avait aussi abusé d'elle.

Pourquoi n'en avez-vous jamais parlé toutes les deux ?

C'était trop compliqué.

J'ai enchaîné avec l'histoire de sa propre mère. Ma mère n'a rien corroboré, rien nié pour autant. Elle m'a simplement demandé tout doucement si je comptais raconter tout ça. Elles ne s'en étaient jamais parlé avec Reine mais elles s'étaient donné le mot.

Oui, je crois que je vais en *faire quelque chose.*

Alors tu ne diras pas que c'est nous, hein, tu me promets ?

Le soir, j'ai relu mon carnet, essayé de rassembler les éléments comme Reine avant de sculpter. J'ai eu le sentiment d'avoir une montagne d'informations mais quand je les ai résumées, cela ne formait qu'un petit tas friable ou au mieux, un amas de quelques cailloux. Tout aussi bien, j'aurais pu les prendre un par un et les jeter dans l'eau, ils auraient émis un ploc disgracieux en tombant vers le fond.

Ma grand-mère, ma mère, Reine… et moi ? Les violences que j'avais subies trouvaient-elles leur place dans ce triste enchaînement ? Des événements extérieurs pouvaient-ils être reliés à des tragédies endogènes ? Ploc.

8.

J'ai ouvert un carnet des arbres. J'ai pris quelques notes, expressions et mots épars, glanés dans mes souvenirs de conversations, de balades dans les bois, ou dans les enregistrements que j'avais faits de Reine.

Et puis, j'ai essayé *quelque chose.*

«Au village, on jase. La femme est arrivée la veille dans une voiture rouge un peu cabossée, s'est installée à la pension W., gîte et couvert pour une semaine au moins, a rapporté le fils cadet à ses camarades d'école dès le lendemain matin. Elle a expliqué être là pour réaliser un documentaire radiophonique et on l'a vue en fin de journée tourner autour de la maison casque aux oreilles, elle parlait à un petit appareil. Le soir à table, elle a pris des notes dans un carnet.

Pendant son séjour elle reste discrète, n'ayant pas l'air de se mêler de ce qui ne la regarde pas, mais parvient très vite et très naturellement à se lier aux habitants, il y a en elle une douceur affable qui inspire une sympathie immédiate.

Elle est à la recherche de cousins de ses parents, mais elle ne sait pas grand-chose d'eux, n'est même pas certaine de leur nom. Elle peut situer à peu près leur existence dans le temps. Et, c'est ce qui lui tient vraiment à cœur, ce sont des gens qui auraient pu accueillir une jeune femme enceinte avant la guerre. Une très belle jeune femme.

Elle ne tarde pas à savoir de qui il s'agit, les anciens se souviennent du séjour de la jeune femme à la ferme des W. Son arrivée au cœur de l'hiver, il avait neigé vingt centimètres la veille. La petite jeune femme arborait un air complètement abattu, elle était craintive comme une bête prise au piège. Les W. l'avaient prise chez eux, tout semblait prévu. On ne l'avait pas revue tout de suite – certains s'amusaient à dire qu'elle avait été absorbée par la maison – elle était ressortie au printemps, son ventre arrondi avait fait parler. Les W. avaient évité les questions ou gardé le silence. La jeune femme avait donné naissance à un garçon quelques mois plus tard et était repartie, sans crier gare. On pouvait lui dire le nom de l'enfant, bien sûr. E. avait été éduqué par les W. comme s'il était leur dernier fils et avait grandi là, sans anicroche. La vérité sur sa naissance lui avait été révélée tardivement et involontairement, lors d'un trajet de retour d'école, une méchanceté balancée par un camarade avec un caillou au lance-pierre avant de s'échapper en courant. Ta mère c'est pas la W. La tienne elle est partie quand t'es né. Et comme E. protestait, il avait ajouté, De toute façon, tout le monde le sait.

À 18 ans, E. était parti. Devenu comédien, il avait mené sa vie loin des siens, sans jamais couper le lien pour autant ; il envoyait des nouvelles et en prenait régulièrement, mais ne revenait pas.

Il n'était pas mort, pas que l'on sache.

La femme enregistre les témoignages des uns et des autres, traîne à côté de la ferme des W. reprise par d'autres exploitants depuis leur disparition à tous les deux. Les « frères et sœurs » de E. sont morts eux aussi.

Rentrée chez elle, la femme récapitule ses informations et surtout, cherche à savoir où est E. Elle n'a aucune difficulté à trouver trace de son existence, ni de sa carrière, récompensée par quelques succès. Il a excellé, dit-on, dans le théâtre de Brecht. Dans les dernières interviews qu'elle consulte, il évoque un lieu de repli, une maison nichée dans des hauteurs de montagne pas loin d'un lac – comme le village où elle s'est rendue quelques jours auparavant.

Elle prend contact avec un des derniers théâtres où il s'est produit, demande à le rencontrer pour réaliser son portrait dans le cadre d'une émission consacrée aux meilleurs interprètes de Brecht – On m'a déjà beaucoup parlé de lui mais je voudrais enregistrer sa voix.

Elle attend près de deux semaines avant d'obtenir une réponse, c'est oui.

Elle retourne en Suisse, dans un autre village, très loin de celui où E. a grandi. Une atmosphère similaire s'en dégage pourtant.

Il la reçoit dans la cuisine aux épais murs de pierre. Le plafond y est bas, de petites fenêtres donnent sur le jardin humide. Une longue table de bois massif sur laquelle s'empilent des journaux regarde la cheminée, parée de belles flammes. Des paniers débordent de légumes sur le plan de travail carrelé, parmi les ustensiles et les nombreux pots à épices. Une marmite fume sur la cuisinière, E. s'excuse pour l'odeur de soupe. La femme la trouve appétissante.

E. est un vieux monsieur qui marche avec difficulté, les semelles de ses chaussons glissent sur le parquet, s'asseoir lui extorque un soupir plaintif. Sa vue est mauvaise, il loupe la tasse en lui versant le café. Elle le dévisage, elle cherche des traits qu'elle pourrait reconnaître.

Il lui parle longtemps, déclame une tirade de temps en temps, se lève parfois pour aller chercher un livre dans la bibliothèque, revient lentement. Le goût du théâtre lui est venu quand il est arrivé en ville et qu'il a été embauché comme factotum dans une salle. Histoire belle et classique, d'un autre temps – c'est ce qu'elle se raconte.

Elle veut le conduire sur le terrain de l'enfance. Là où vous avez grandi, il n'y avait pas de théâtre?

Son regard vitreux de vieux monsieur s'éloigne un instant. Réponse laconique: Mon enfance a été un théâtre.

Il se lève, éteint le feu sous la gamelle.

On m'a dit que vous vous intéressiez aux interprètes de Brecht, connaissez-vous… ?

La conversation dure toute la matinée.

Elle parvient à obtenir quelques éléments importants, ils lui permettent de parvenir à une forme de conclusion : E. n'a su que le mensonge, il n'a jamais retrouvé sa mère biologique, n'a jamais su quelle vie elle avait eue, après sa naissance à lui.

Plus tard, ils partagent un bol de soupe ensemble et c'est lui qui la fait parler alors, de son travail, de sa vie.

Il commence à piquer du nez après la pomme. Elle repart dans sa voiture rouge cabossée sans avoir avoué le but de sa visite à E.

Elle vient de rencontrer le frère de sa mère. »

9.

J'ai été convoquée par le médecin de ma mère.

Nous en sommes à la sixième tentative de traitement, aucune amélioration de la GVH n'est constatée. Nous ne pouvons plus rien faire. Nous lui administrerons des médicaments pour soulager les douleurs et amenuiser les angoisses si nécessaire. Je ne peux pas vous annoncer un délai, quelques semaines sans doute.

Je devais rejoindre la chambre de ma mère après ce rendez-vous.

Alors, qu'est-ce qu'il t'a dit ?

J'étais assise au bord du lit, ma mère était enveloppée dans le pull de laine rose qui lui allait bien, j'essayais de la regarder mais soutenir son regard me bouleversait, je sentais de grosses larmes perler, je n'étais pas certaine de parvenir à parler. J'ai prononcé une phrase le plus vite possible, la tête basse, ma voix n'était pas claire, elle tremblait, les mots se sont heurtés les uns aux autres.

Oh, rien de nouveau, ça suit son cours.

J'ai caressé son tibia saillant, par-dessus le drap.

Elle a compris. Mes larmes ne coulaient pas mais mon mensonge dégouttait. Elle s'est redressée avec difficulté, s'est penchée vers moi, a posé sa main sur la mienne, a arrêté mon mouvement et d'un ton rassurant, a accepté la sentence.

Comme d'habitude, alors.

Je me suis vite enfuie de la chambre, au prétexte de la soirée à laquelle je devais me rendre. J'étais sur le palier, penaude, absente. Sans réfléchir, alors que j'empruntais toujours les escaliers pour redescendre, je me suis postée devant les ascenseurs, j'ai appuyé sur le bouton d'appel. Quand les portes se sont ouvertes, elles ont dévoilé trois personnes, une femme, un homme, un adolescent. La femme avait les yeux rouges et éplorés. En m'apercevant, elle a dégluti bruyamment et essuyé ses larmes du revers de la main. L'ado regardait l'écran de son téléphone, l'homme, ses pieds. Je suis montée dans la cabine, j'ai vu mon reflet dans le miroir, mon teint livide. Je me suis retournée. Les portes ont coulissé en sens inverse. La femme et moi en observions le mouvement. Ses pleurs ont repris lorsque l'appareil s'est ébranlé, je le percevais aux légers reniflements qui lui échappaient.

J'ai pleuré moi aussi, en silence. Nous étions côte à côte avec cette femme, face au gris métallisé des portes, les larmes glissaient sur nos joues alors que l'ascenseur descendait.

Je suis allée à la soirée prévue. C'était Gil qui la donnait, pour fêter son habilitation de recherche obtenue le jour même. Je savais que mes amis proches y seraient, je les ai rejoints pour qu'ils m'entourent, pour qu'ils fassent barrière, qu'ils constituent forteresse.

La compagne de Gil m'a accueillie, elle m'a présentée aux deux personnes qui arrivaient en même temps que moi et dont j'ai oublié illico les prénoms. Dans le salon de l'appartement, les convives étaient assemblés par petites grappes d'où s'échappaient des conversations joyeuses et informées. La plupart des personnes présentes avaient assisté à la présentation de l'après-midi et commentaient l'excellente prestation de Gil. Ce dernier était à la cuisine où je suis allée le féliciter. Il m'a servi un verre de vin, nous avons trinqué à sa réussite. Selma et Jean nous ont rejoints. Nous avons trinqué de nouveau avec eux. Le four a sonné, la tourte était prête, nous étions à l'étroit dans la cuisine, Gil nous a mis dehors. Nous nous sommes retranchés dans la pièce attenante au salon, à la fenêtre de laquelle Jean et moi avons fumé une cigarette. C'était la première fois que je le revoyais depuis ma fuite de l'antenne de l'association d'aide alimentaire. Il n'y a pas fait allusion. Selma a plaisanté sur le professorat, Jean sur les pantalons en velours côtelé. J'étais assise sur le parapet de la fenêtre et j'avais le sentiment d'assister à une scène de film, la pellicule se déroulait, léger travelling latéral, cadre large, lumière chaude, brouhaha de paroles d'où jaillissait parfois un éclat ou un rire, le son d'une bouteille qu'on débouchait. Mon regard caméra s'est arrêté sur un cadre accroché au mur, je distinguais mal le contenu. Je plissais les yeux vers la forme noire. Jean et Selma m'ont fait remonter à la surface. Entre deux bouffées de cigarette, j'ai expliqué la situation, le diagnostic sans appel qui m'avait été donné l'après-midi. Jean m'a regardée, affligé. Quant à Selma, elle a dit : Elle n'a pas mal, elle est très entourée, elle est dans de bonnes conditions pour partir.

Sa remarque ne manquait pas d'empathie mais elle m'a fait l'effet d'un redoublement de la vérité, d'une insistance. Peut-être espérais-je qu'elle adoucirait l'annonce, l'allégerait ?

Plus tard, Jean a tenu à ce que je les accompagne à une autre fête, pleine de monde et de musique forte. Avant de partir, je me suis approchée de la photo accrochée au mur : un aquarium de lait saturé de poissons noirs.

Cette nuit que j'ai passée avec mes amis, tandis que nous nous laissions emporter par la vibration des basses, nos peaux humides de sueur révélées par intermittence dans des flashs de lumière, les paroles d'une chanson ont résonné en moi : Nous dansons gaiment parce que nous sommes tristes.

Je n'ai parlé à Farell que le lendemain. Il était à Bowen. Il a décroché enthousiaste, je tombais à pic, il s'apprêtait à m'envoyer une image pour mon carnet des arbres. Il revenait d'une promenade autour d'un lac où d'anciennes souches servent d'abris et de supports aux nouvelles, c'est une méthode de régénération forestière locale. Je ne sais pas, ça m'a ému. Sa voix souriait.

J'ai répondu dans un gros sanglot: Elle va mourir.

10.

Farell est venu. C'était bon de l'avoir à mes côtés la nuit, entendre son souffle au cœur de mes ténèbres.

Je n'ai plus insisté avec mes questions à ma mère. Je me rendais compte à quel point il était brutal de la confronter à ces histoires douloureuses juste avant qu'elle meure. Qu'il fallait que je me débrouille avec ce que je savais. Que je ne procède pas comme les nouvelles cellules souches, à aller trop vite, trop fort, attaquer ce qui restait de sain en elle.

Je n'ai pas pu renoncer cependant à un ultime retour en arrière.

Tu te souviens de mes agressions ?

Oh, oui, ma chérie, oui.

Je me demandais pourquoi on n'en avait jamais reparlé toutes les deux, pourquoi nous ne les avions plus évoquées, comme si elles n'avaient pas eu lieu ? Tu m'as emmenée porter plainte à chaque fois, guidée vers des psys et après tu ne m'as jamais plus interrogée, comme s'il n'y avait aucune conséquence.

Oh, je ne pouvais pas, ma chérie.

Tu ne pouvais pas ?

C'était trop dur.

Comment ça ?

On t'avait touchée, toi, et à travers toi, on m'avait de nouveau atteinte. C'était insupportable. Il fallait passer à autre chose, et comme tu as fait ça très bien, moi aussi. On fait un Scrabble ?

À la fin de la partie, elle a dit :

Tu sais, j'ai eu Reine, on s'est parlé.

Elle n'a pas eu besoin de me préciser ce dont elles avaient parlé, c'était évident. Ce que j'ai éprouvé alors ressemblait à de la joie, une joie pure. *Quelque chose* avait été accompli, je l'avais permis.

IV

1.

J'ai eu rendez-vous avec une autre équipe de médecins. Il était question d'un transfert en soins palliatifs, plus adaptés à ce qui se présentait. Le seul transfert que je pouvais imaginer était sur l'île, pour que ma mère puisse passer ses derniers moments de vie chez elle, mais sa réalisation était trop risquée. J'ai écouté les médecins, j'étais en état de veille.

On va lui expliquer.

Comment ? (Je m'étais redressée.)

On ne peut pas la changer de service sans lui expliquer pourquoi.

Vous allez lui dire ?

L'idée que ma mère entende qu'elle allait mourir m'était insoutenable mais je n'ai pas protesté. Ma capacité à formuler et exprimer mes pensées s'abîmait, tout s'effondrait.

L'agonie a débuté quelques heures après, juste avant que les médecins ne soient allés la voir, transfert annulé. Là, j'ai réussi à formuler une pensée, dirigée vers ma mère : Bravo !

Je passais une bonne partie de mes journées au chevet de ma mère et le soir, nous sortions, cinéma ou théâtre, il s'agissait de faire diverger mon regard, poser mon attention ailleurs. Une fois, je me suis trompée ou plutôt, j'avais drôlement bien choisi, comme s'était moqué Farell en consultant le programme. C'était la lecture d'un livre dont j'avais entendu parler et qui m'intriguait. Je ne me souvenais pas du sujet et je n'étais pas disposée à me renseigner, je fonctionnais à l'instinct. Le texte décrivait la mort du père de l'autrice à l'hôpital et les jours de deuil qui avaient suivi. Mots justes, distance impeccable. J'ai pleuré du début à la fin.

Mon téléphone a vibré d'un message lorsque je l'ai rallumé. C'était l'infirmière du service de ma mère, celle que j'aimais bien et qui m'avait promis de me prévenir lorsqu'elle sentirait une accélération. Son message disait : Ça a commencé.

Je n'ai pas quitté précipitamment le théâtre, j'ai même un peu tardé et accepté un verre que Farell était allé commander au bar pendant que je regardais mon téléphone. Il y avait du monde dans le hall, beaucoup de vie. J'essayais de tromper l'ennemi.

Il a fallu partir pourtant. M'enfoncer dans la grotte. J'ai demandé à Farell de repasser à l'appartement avant de me rejoindre à l'hôpital, de se munir de ce qui pourrait être utile.

2.

À cette heure tardive, l'entrée de l'hôpital était réservée au personnel et aux proches des mourants. Le gardien m'a accueillie avec froideur, il a consulté sa fiche, 324, oui, c'est noté. Je l'ai prévenu de l'arrivée de Farell un peu plus tard, en le décrivant comme je pouvais.

Les couloirs du service, affreusement vides, étaient éclairés au néon. La loge des soignants était déserte, j'ai toqué à la vitre mais n'ai reçu pour réponse que des bips informatiques. J'ai ouvert la porte de la 324, j'étais intimidée. La chambre était plongée dans le noir avec pour seul repères lumineux le point vert qui signalait les interrupteurs, brillant, et celui un peu terne de la courbe qui se traçait sur un écran noir au rythme des battements du cœur de ma mère. Couverte d'un drap blanc, sa silhouette se détachait dans la pénombre, sa respiration âpre brisait le silence.

Je me suis assise à côté d'elle, en tâchant de prendre le moins de place possible sur le lit, j'avais peur de la déranger. J'ai penché mon visage vers le sien, approché mes lèvres de son oreille, j'ai murmuré quelques mots : C'est moi, Maman, je suis là.

L'infirmière est passée. Elle m'a saluée à voix basse, a effectué quelques gestes, vérifié l'écoulement d'une poche, appuyé sur un bouton de la machine. Allait-elle l'éteindre ? À propos du son rauque qui s'échappait de ma mère, elle m'a expliqué qu'il s'agissait du râle de la mort.

Elle est repartie. Nous étions de nouveau seules, ma mère et moi. J'ai sorti mon téléphone de ma poche, j'ai sélectionné de la musique, des cordes. Je vais te ramener Maman, promis, je te ramène sur ton île. J'ai cru lui percevoir un soupir de contentement. Les violons montaient dans les aigus.

Farell avait dû négocier avec le cerbère de l'entrée, il m'a décrit la teneur de l'échange en s'installant sur le fauteuil près de la fenêtre. Il a posé son sac à dos sur ses genoux, en a dézippé la fermeture éclair, en a extirpé le contenu. Il avait apporté une bouteille de whisky.

Nous nous sommes servi deux tout petits verres, j'ai trempé mon index dans le mien et je l'ai passé sur la bouche de ma mère. Sa langue est sortie, a léché ses lèvres. Ça nous a fait rire. J'ai recommencé, j'ai badigeonné les lèvres de ma mère de la tourbe, de la saveur de la lande et du vent.

La nuit était lente, cadencée par le râle de la mort. Nous nous sommes assoupis à tour de rôle. On écoutait de la musique, je susurrais quelques paroles, c'était tendre et doux. L'aube puis l'aurore sont montées dans la chambre. On a perçu le bruit du redémarrage dans le couloir, des voix énergiques, des chariots qu'on roulait. On a toqué à la porte, l'aide-soignante a proposé un petit déjeuner. Comme je la regardais avec effroi, ma mère mourait, non, elle ne prendrait rien, elle a précisé que c'était à nous, Farell et moi, que la proposition s'adressait. On a accepté les cafés en se confondant en excuses et en remerciements.

Ma mère n'était pas tranquille, elle marmonnait, son front exsudait des gouttelettes de transpiration. J'ai pris un mouchoir, j'ai tamponné sa peau à la naissance des cheveux, j'ai caressé sa joue molle. Elle s'est redressée d'un coup dans son lit, a écarté le drap.

On y va ? Ma valise est prête ? Le bateau est à quelle heure ?

Et elle s'est rallongée. Je l'ai rassurée comme j'ai pu, malgré le choc.

Oui Maman, on va y aller, on va aller sur l'île.

J'avais honte, terriblement honte, car j'avais menti à ma mère.

Un médecin est venu. Il a commenté le réveil, cela arrivait fréquemment, des sursauts, il y en aurait peut-être d'autres. Enfin, on allait augmenter les anxiolytiques.

3.

Ça a duré cinq jours et cinq nuits, à guetter le dernier souffle qui ne venait pas, qui traînait comme des savates sur le sol.

Un lit de camp avait été installé. La chambre de ma mère était devenue notre chambre, nous y mangions, des plats préparés que Farell allait acheter dans des échoppes des rues adjacentes, nous y dormions, nous y écoutions la radio, nous y parlions au téléphone pour donner des nouvelles, nous y vivions, elle y mourait.

Je rentrais chez moi pour me laver et me changer et repartais aussitôt. J'avais tellement peur que la mort vienne en mon absence que je me précipitais et à chaque retour, j'étais soulagée de retrouver ma mère allongée sur son lit, gisante mais respirant encore.

Il était tard une nuit et je me suis avisée que c'était peut-être ça, le problème : ma mère attendait que j'accepte de la laisser s'en aller, elle voulait partir seule mais avec mon accord. J'ai posé sa main sur son front, j'ai dit Au revoir Maman, et j'ai réveillé Farell qui dormait sur le fauteuil, son torse penché sur la gauche, en virgule. J'ai besoin de marcher.

On a serpenté autour de l'hôpital parmi les rues sombres. Les bars et les restaurants étaient fermés, on a quand même trouvé une épicerie qui nous a vendu deux canettes. Au bout d'une heure j'avais froid, ma patience s'émoussait, ça suffisait, elle avait eu le temps.

La porte de l'hôpital était close, comme toujours en dehors des horaires autorisés. Personne derrière le comptoir d'accueil qu'on distinguait au fond du hall. J'ai sonné. Pas de mouvement, pas de réponse. Encore. Encore. Rien.

Trente minutes se sont écoulées. Je trépignais, je pleurais. L'image du corps inanimé de ma mère dans sa chambre m'affolait, elle était certainement morte maintenant et on l'abandonnait, c'était intenable. Farell tentait de me calmer tout en ne sachant pas du tout comment nous sortir de cette situation. Il tambourinait à la porte. J'ai tenté de téléphoner au service de ma mère, sans plus de succès. Je me représentais les notes de la sonnerie comme un ruban qui se déroulait et s'effilochait dans le couloir vide, jusqu'à disparaître. Farell continuait de frapper des poings sur la porte, un peu plus fort, en dernier espoir.

L'homme a surgi d'on ne savait quel sous-sol, l'air fâché, nous a ouvert. J'ai monté les volées de marches en courant. Le couloir était toujours aussi calme et ma mère n'était pas morte. Pas morte encore.

Farell s'est allongé sur le lit de camp et moi, à côté de ma mère. J'ai posé mon oreille contre sa poitrine et j'ai attendu. Je me souvenais de ce que ma mère m'avait raconté de son accouchement, la sage-femme qui décomptait les secondes où il fallait retenir sa respiration entre les contractions, la même qui l'encourageait à chaque poussée, lui tenant la main, fournissant l'effort avec elle. J'étais cette femme-là au chevet de ma mère, celle qui accompagnait, celle qui comptait les battements du cœur, de plus en plus sourds et lointains, celle qui mesurait leurs espacements, de plus en plus longs. Le rythme ralentissait, j'ai retenu ma respiration en même temps que la sienne ne repartait pas. On y va, Maman.

Farell s'est mis à ronfler et ma mère a expiré son dernier souffle.

On a dû vider « notre » chambre quelques heures à peine après le décès. L'espace devait être rendu à sa seule fonctionnalité. On a fourré les vêtements, les produits de toilette, les livres, le Scrabble, les denrées et toutes les choses accumulées dans cet espace durant les mois de maladie dans des grands cabas de plastique estampillés d'une marque de grande surface. Dans le tiroir de la table de nuit, j'ai retrouvé le cadre avec la photo de ma mère et ses parents que je lui avais fait encadrer pour son anniversaire, la photo des révélations.

J'ai éteint le téléphone de ma mère, écrit un court message à nos proches en en promettant un autre très vite, avec les détails logistiques. J'ai répondu à l'appel de Reine : J'étais avec elle, c'était bien.

4.

L'organisation des obsèques a occupé les jours qui ont suivi mais j'ai pu libérer le temps nécessaire à un rendez-vous avec mon analyste.

Je me suis rendue au cabinet à pied, j'avançais sans vraiment m'en rendre compte, emportée par le flux de la circulation, portée par la rumeur continue de la ville. Mon téléphone était au fond de mon sac et je ne l'ai pas consulté, je n'ai pas répondu aux questions concernant la matière du cercueil ou la livraison des fleurs.

J'ai marqué une pause sur le parvis du grand musée d'où nous avions commencé notre grande marche de retrouvailles avec Selma. Les jeunes installés par terre, les joueurs de djembé en herbe, la file d'attente polyglotte, même la meute de pigeons sur les pavés m'a parue rassurante. J'ai longé le bâtiment par la droite, il y avait les grands cafés, la fontaine délabrée. J'ai contourné l'édifice et me suis enfoncée dans une ruelle à l'arrière. La femme à la dérive, celle que j'avais vue en rentrant de chez Daphné après notre entretien était là. Ses longs cheveux filasses, sa démarche zigzagante, ses propos incohérents, le balancement de ses mains, ses griffes de rapace. Elle hurlait: J'ai pas envie de rire. Pas du tout.

Juste avant d'arriver j'ai découvert une inscription sur un mur. Le message avait été détourné au gré d'une modification. Une lettre barrée et un point ajouté à un « i ». Le « On te croit » initial devenait « On te coït ». Ça ne m'a pas fait rire du tout.

La porte, le couloir, la salle d'attente. L'enchaînement habituel. L'analyste est venue me chercher, elle s'est comme d'habitude placée dans l'embrasure de la porte et n'a pas prononcé un mot. Nous avons franchi le seuil de son cabinet, nous nous sommes installées à nos places respectives. Je l'avais informée du décès de ma mère par SMS. Elle m'avait répondu en me présentant ses condoléances.

C'était à moi de prendre la parole, je connaissais les codes. Les mots et les phrases se sont formés en mon sein, puis tout s'est grippé. Impossible de parler. L'analyste me dévisageait, elle tentait de s'arrimer à mon regard immobile, mon regard de poisson noyé. Elle a eu les gestes que je lui connaissais par cœur, elle a rabattu les mèches de cheveux qui lui tombaient de part et d'autre du visage derrière ses oreilles, elle a inspiré, s'est adossée à son fauteuil.

Alors ?

5.

Farell et moi avons voyagé dans le corbillard, assis côte à côte sur une double banquette à l'avant. Au travers du pare-brise, l'autoroute se déroulait monotone et par la vitre sur le côté, le paysage s'accélérait dans un flou vert et gris. Un sapin de mousse jaune se balançait sous le long rétroviseur central, charriant une odeur chimique. Le croque-mort n'avait pas 25 ans et on avait l'impression qu'il portait son costume pour la première fois. Il n'a pas parlé du trajet et c'était tant mieux.

À la gare maritime, je me suis occupée des fleurs. Je devais récupérer les couronnes et les bouquets qui y avaient été livrés. Au guichet, une femme en uniforme bleu marine m'a adressé un sourire chargé de compassion puis m'a conduite à l'entrepôt où un homme en bleu de travail mettait en branle une sorte de brancard sur lequel les panières et les bouquets emballés avaient été empilés sans soin. Le chariot roulait et des bouquets tombaient par terre, l'employé jurait en les ramassant et les replaçait dans le tas sans ménagement. Croque-mort et lui ont tout chargé à l'arrière du corbillard, le cercueil a été enseveli une première fois.

Une brume laiteuse enveloppait le port et bouchait l'horizon, un linceul. Nous nous sommes installés sur le pont du bateau. Je tenais à rester à l'extérieur, en l'honneur de ma mère dont le corps était enfermé dans une boîte, dans une voiture, dans les cales du ferry. Farell m'a appris le mot québécois pour désigner le type de navire sur lequel nous étions, un traversier, qui m'a évoqué le rite mortuaire égyptien, dont j'avais admiré jeune fille les représentations sur les antiques stèles du musée avec Reine. Le ferry était la barque, l'océan, le fleuve, j'étais la Passeuse.

Le moteur s'est mis en route, à la proue les ballasts se sont vidés de leur eau, les propulseurs arrière se sont enclenchés. Les immenses pare-battages ont couiné, la masse du navire s'est ébranlée, les amarres ont été libérées, les cordages lancés à l'eau, ça faisait des traînées colorées dans le gris du quai, de la brume et de l'eau. La chaîne a été relevée dans un bruit de ferraille. J'ai avalé la dernière gorgée du café pris au distributeur dans un haut-le-cœur. Les sirènes ont retenti.

Nous ne distinguions aucune des grues bleues, aucun soupçon de quai, le brouillard avalait tout, il nous confondait. De nouveaux coups de sirène ont tinté, en guise d'avertissement. Leur note qui se perdait dans la nappe de brume telle une plainte solennelle, c'était la marche funèbre jouée en l'honneur de ma mère.

L'allure a diminué. Nous avons repéré les bandeaux des phares, vert et rouge. Nous avons distingué le quai au dernier moment. Des silhouettes minuscules s'y dessinaient, une ligne de personnages se tenant par la main, bras écartés, qu'ils ondulaient les uns après les autres. Cette chaîne ondoyante, c'était la vague, celle que nous nous amusions à danser avec ma mère pour saluer les amis de passage quand ils quittaient l'île, celle que j'avais demandée aux proches réunis sur l'île de réaliser pour saluer l'arrivée du corps. À les voir s'exécuter ainsi, j'ai été saisie d'une telle salve de chagrin que j'ai pris un pas de recul. La vague humaine continuait sa chorégraphie, je me suis approchée à nouveau du bastingage, j'ai pris la main de Farell, et nous avons reproduit le mouvement depuis le pont du bateau. Les sirènes ont chanté une dernière fois.

6.

Nous étions tous transis de froid après l'inhumation. Nous nous sommes réchauffés dans le grand salon d'une maison d'amis où nous avons grignoté du poisson fumé et bu du vin blanc en parlant de ma mère. Reine était là depuis la veille, elle avait aidé à l'organisation. Pour l'heure, elle discutait avec Farell, assis un peu à l'écart, tandis que je passais d'une personne à l'autre. On m'embrassait, on me serrait dans les bras, on me félicitait pour mon soutien tout le temps de la maladie, on me parlait du courage de ma mère ; j'étais absente à toutes ces paroles, à tous ces gestes, je ne sentais plus rien, ni le goût des aliments, ni la bienveillance réconfortante, je flottais dans mon propre brouillard et, à l'intérieur, les sirènes gémissaient.

Ça a duré deux ou trois heures. Je suis sortie prendre l'air sur la terrasse derrière la maison où quelques fumeurs s'étaient réunis. L'une d'entre eux, son verre à la main, clope dans l'autre, parlait un peu fort, elle évoquait des moments de franche rigolade avec ma mère et avalait une gorgée de vin, tout rond.

Je suis rentrée à l'intérieur et me suis affalée sur une chaise, épuisée. Mes yeux papillonnaient tandis que les convives commençaient de quitter la maison par petits groupes. Je percevais la voix de la femme restée sur la terrasse, son tempo un peu ralenti par l'alcool.

Nous n'avons plus été que quatre ou cinq. On a préparé du café, Reine et Farell sont venus m'entourer. J'ai soufflé sur la fumée qui s'étirait de ma tasse, Reine s'est enquise de mon état. Ça va, ma cocotte ? J'ai avoué une grande lassitude. Farell qui était derrière moi, a posé sa paume de main sur mon épaule, j'ai soupiré profondément.

Tu sais, Reine, je suis heureuse que vous vous soyez parlé avec Maman avant qu'elle perde conscience.

Parlé ?

Elle m'a dit il y a quelques semaines que vous vous étiez parlé…

Mais de quoi ?

Euh, ben… de son père et de ce qu'il vous avait fait…

Ah bon ? Alors je ne m'en souviens plus, j'ai dû oublier.

7.

Je n'étais pas encore retournée dans la maison. Je redoutais d'y ressentir, plus que nulle part ailleurs, l'absence de ma mère. En fait, une fois passé la porte, j'ai été soulagée, un apaisement immédiat, entier, m'a parcourue. J'étais là où je devais être. J'ai montré les lieux à Farell en commençant par l'étage. En bas, dans la chambre de ma mère, je me suis allongée sur le lit et me suis endormie presque instantanément.

Le peu de jour était tombé à mon réveil. Farell avait fait un feu, il écoutait de la musique. Je me suis assise au bureau de ma mère. Un cadre en ivoire très travaillé était posé à plat sur la table, il contenait une photo de moi à douze ans, un portrait que je détestais mais que ma mère adorait, elle m'y trouvait un air très sculptural. Sur le mur perpendiculaire, deux dessins, des portraits de ses parents réalisés par un artiste de rue pendant leur voyage de noces, des dessins au crayon, simples et beaux. Le visage de mon grand-père de trois quarts, tout en angles saillants, mâchoire en avant, pipe tenue entre les lèvres, celui de ma grand-mère de face, le trait est beaucoup moins appuyé, presque effacé, la chevelure en cascade encadre le visage, le regard est fixe, la bouche droite et fine est fermée. Dans un meuble classeur en bois, quelques courriers, des cartes postales, un journal, un carnet personnel. Je n'ai lu que des débuts de phrases, replacé les objets là où je les avais pris, avec méticulosité. J'ai ouvert le tiroir de droite, étroit et profond. Il contenait des paires de lunettes, certaines dans leur étui, d'autres sans protection. J'ai farfouillé dans la masse de verres et de branches, ai extirpé deux ou trois modèles que j'ai reconnus, ma mère avait conservé là toutes les lunettes de sa vie. J'ai refermé le tiroir. J'ai enterré les lunettes.

Pour le dîner, une grande table avait été réservée au bistrot des pêcheurs. La soirée a été chaleureuse. Farell a pris le volant de la voiture au retour. Le faisceau du phare balayait le brouillard à intervalles réguliers, nous avons cherché à identifier le code en repérant la période et le rythme.

Avant d'aller dormir, dans la salle de bains, je me suis lavé le visage à l'eau fraîche. J'ai observé son reflet dans le miroir : est-ce que je ressemblais à ma mère ?

Un dépôt de dentifrice avait séché autour du bouchon que j'ai eu du mal à dévisser. À force de replier l'extrémité du tube sur elle-même, je suis parvenue à prélever un peu de pâte blanche. J'ai jeté le tube vide dans la corbeille. J'avais le pied sur le levier du couvercle, le tube recroquevillé gisait seul au fond, le dernier tube de dentifrice que ma mère avait utilisé ici, chez elle. J'ai relevé mon pied, le couvercle s'est refermé dans un bruit de mécanisme métallique et j'ai songé à tous ces moments à venir où j'allais faire mourir ma mère encore.

Le lendemain du décès, le médecin que j'aimais beaucoup m'avait reçue. Il m'avait appris une expression. Considérant que ce qui avait tué ma mère était la réaction à la greffe et non la leucémie elle-même, dont la médecine était venue à bout par le traitement, on pouvait dire qu'elle était, c'était l'expression, morte guérie.

8.

Le lendemain, la brume s'était dissipée. Le voile levé avait laissé place à un ciel bleu limpide, fendu de grandes lignes de nuages vaporeux. L'air froid piquait la peau et donnait l'impression d'avaler une gorgée d'eau glacée à chaque bouffée. Reine repartait par le premier bateau, Farell et moi avons regardé le ferry quitter le port en agitant les mains. Nous n'avons pas fait de vague. La silhouette de Reine sur le pont du bateau a rétréci, jusqu'à devenir une trace, une réminiscence.

Nous avions laissé la voiture au village, nous sommes remontés par le sentier côtier. Sur la grande plage de sable blanc nous avons suivi la laisse de mer, les coquillages et les algues sèches craquaient sous nos pas. J'ai dit à Farell que moi aussi je déposais là quelque chose, ma *laisse de mère,* coquilles de souvenirs, débris de chagrin, fragments d'histoires, bientôt les flots viendraient les reprendre.

Sous la halle du marché, j'ai échangé quelques mots avec l'agricultrice qui avait assisté à la cérémonie la veille. L'entrée du cimetière était juste en regard de son stand. Elle pesait des pommes de terre et nous sommes convenues qu'elle pourrait toujours veiller sur ma mère.

J'ai entendu une voix que j'ai reconnue. Ça va, *co*? C'était Eugène, le vieil Eugène, qui venait faire sa tournée matinale. Il saluait les uns ou les autres, papotait, plaisantait, n'achetait rien. Je me suis plantée devant lui. Bonjour Eugène. Il a souri mais il ne me reconnaissait pas. J'ai décliné mon identité, fille de, nom de village. En quelques mots je lui ai expliqué que je voulais venir le voir pour l'enregistrer, pour qu'il me raconte sa vie, comme il me l'avait promis. Oui, oui, passe tantôt, *co*.

9.

J'y suis allée en vélo après le déjeuner. La route était déserte, la place du village aussi. Paysage endormi. J'ai appuyé ma bécane au muret de la courette de la maison d'Eugène. Il n'y avait toujours pas de cloche. La porte d'entrée était fermée, Eugène consultait. J'ai attendu sur une chaise posée dehors. Un homme est arrivé, suivi de son fils d'une dizaine d'années. Nous avons échangé des sourires, j'ai dit qu'Eugène était encore occupé, ils sont restés là, avec moi. Je leur ai expliqué la raison de ma présence et j'ai obtenu l'autorisation du père d'assister à la séance et de l'enregistrer.

Ça a été notre tour. Eugène se fichait de mes explications concernant l'enregistrement. L'odeur n'avait pas changé, de vieux, de racorni, de chien mouillé. L'animal s'ébrouait sur le parquet, y raclait des griffes. Je suis entrée pour la première fois dans le salon d'Eugène. Sa femme était morte depuis quelques années, il ne l'avait pas sauvée, et il recevait depuis dans la salle. Le lit à baldaquin dans lequel elle s'était éteinte était remisé dans un coin de la pièce. Deux gros fauteuils en cuir faisaient face à l'immense écran de télévision. Eugène s'est affaissé sur l'un d'eux, a dit au gosse de prendre l'autre et nous a demandé, à son père et à moi, de tirer deux des chaises qui entouraient la table à l'autre bout. Dans un grand buffet à vitrine, les maquettes de bateaux réalisées par Eugène étaient exposées. Comme dans le bureau de mon grand-père.

J'ai enclenché l'enregistreur et orienté le micro vers Eugène qui interrogeait le garçon sur son mal. Il a répondu tout bredouille des propos que le rebouteux n'a pas compris. Son père a retranscrit, la plaque d'eczéma derrière le genou gauche. Fais voir, *co*. Eugène a tiré la jambe du petit vers lui et l'a fait vriller. D'un doigt, il a suivi les contours du morceau de peau atteinte et il a soufflé dessus. Il a recommencé une dizaine de fois. L'opération a duré quelques minutes. On entendait le tic-tac de l'horloge. Voilà, l'est baisé, a conclu Eugène, avant d'annoncer qu'il faudrait repasser dans quelques jours, pour le refaire sur la tête. Le petit gars a remercié d'une voix fluette.

Eugène et moi nous sommes retrouvés seuls. Il se souvenait de ma mère, oui, mais pourquoi je ne la lui avais pas envoyée quand elle était tombée malade ? Je l'ai questionné sur ce qu'il venait de faire, les gestes, le don, à quel moment il avait su. C'était à l'enfance, une femme l'avait découvert, elle lui avait dit : Vous êtes comme moi. Il avait dû recopier des extraits de la Bible et apprendre par cœur des incantations à psalmodier. Pour le reste, le don, c'était dans les mains. De la chaleur dans les paumes. Eugène m'a raconté que sa femme aimait beaucoup ça. Elle voulait qu'il la caresse sans cesse, qu'il pose ses mains chaudes sur sa zézette. Oh, oui, elle aimait, il a répété.

Je lui ai fait raconter sa rencontre avec Anita. C'était au café du port, ils s'étaient reconnus. Elle avait eu, comme lui, la misère très jeune. Lui c'était un gars costaud, qu'on pouvait pas baiser facilement il précise, elle, un joli brin.

Nous avons remonté le cours de sa jeunesse. Il avait commencé à travailler à 13 ans, dans l'usine de thon. Il y était entouré de femmes, Que des femmes, *co* ! À 15 ans, il avait été embauché sur les bateaux de pêche. J'ai fait les voiliers, les chalutiers. Puis je suis passé maître d'équipage, quinze hommes sous ma coupe. Il m'a parlé de la mer, de la vie à bord. Il n'avait jamais utilisé son don sur l'équipage. Non, c'était après, quand ça été fini cette vie-là, à 55 ans. Il a dressé la liste des maux qu'il a soignés, arthrite, arthrose, zona… Et puis il a eu un sourire et m'a confié qu'il soignait aussi les femmes. Là, en bas, je veux dire, tu vois *co* ? Anita n'aimait pas trop ça, qu'il doive s'occuper des « moulettes ». Il parlait avec gourmandise. Ça la foutait en colère, mon Anita, quand y'en avait une qui venait pour la zézette. Et tu sais ce qu'elle voulait quand elle était en colère ? Elle voulait aller au canard. Ah ça oui, elle aimait ça, parfois dix fois de suite.

Je ne renchérissais pas. Eugène a repris la parole, c'était lui qui menait la danse.

Tu sais, le don, je peux l'avoir méchant. Je peux te faire du mal si je veux. Je peux entrer en toi et te prendre. Je l'ai jamais fait mais j'pourrais là, entrer en toi et te faire des vilaines choses.

Une mouche a volé entre nous, on l'entendrait à l'enregistrement. La chienne a aboyé. Eugène m'a appris qu'elle s'appelait Belle.

On m'a dit, Eugène, que tu avais transmis ton don à ta fille ?

Il a démenti en balayant l'air d'un geste agacé, comme s'il chassait la mouche.

Ah non, elle, elle l'a pas.

Un voisin est entré, il venait boire le porto. Je me suis éclipsée, j'en avais bien assez. J'ai promis à Eugène que je repasserais, mais je savais que c'était faux. Mon documentaire, c'était terminé.

10.

J'ai roulé vers l'est, jusqu'à l'entrée d'un chemin pédestre qui menait au bout de l'île. J'ai laissé mon vélo sur un bas-côté. C'était la saison des ajoncs en fleurs, les buissons de ronces étaient piqués de pastilles jaune vif. À mon passage, bruissements et pépiements, la vie animale se pressait sous les branchages ; j'ai vu un lapin détaler. J'entendais le vent, je sentais la mer. La plaine ondulante est apparue, les buis et les bruyères la recouvraient d'une nappe aux teintes violettes et orangées. Des goélands se sont envolés, ils ont tournoyé un moment au-dessus du phare, grande tour noire et blanche dressée sur la lande. J'ai avancé vers l'océan. J'ai franchi la ligne invisible au-delà de laquelle le bourdonnement de la mer et du vent devenait un tumulte envahissant, mes cheveux voletaient en tous sens. J'ai été jusqu'à la dernière pointe, la plus avancée. Les parois rocheuses s'enfonçaient dans les vagues en des pics sombres. Tout en bas, sur un rocher acéré, des oiseaux se tenaient immobiles, impassibles malgré le fracas de l'océan. Sur mon promontoire, j'étais l'un d'eux. J'ai observé un remous se former au loin sur l'eau, gonfler, s'avancer, devenir vague et venir se briser sur la falaise. Les paquets de mer ont éclaté et des poussières de mousse me sont parvenues, elles ont mouillé mes joues à la manière de minuscules larmes.

Hier, Selma m'a écrit : Tu sais, les sirènes ne meurent pas, elles deviennent écume.

L'un des cormorans noirs a déployé ses pattes grêles, il a déplié ses ailes ridées et s'est élancé à l'horizon. Il a plané un peu, puis, bec en premier, il a plongé.

Je suis rentrée retrouver Farell.

Plusieurs emprunts artistiques émaillent le texte parmi lesquels :

P. 5 : Irma Pelatan, *Lettres à Clipperton.*

P. 20 : Jen Brockman and Dr. Mary Wyandt-Hiebert, *What were you wearing*, exposition itinérante, 2014.

P. 33 : *Aquarius*, film de Kleber Mendonça Filho, 2016.

Remerciements :

Rosalie Abirached, Anne Collongues,
Laure Defiolles, David Enon

Achevé d'imprimer
en mars deux mille vingt-deux
sur les presses de CORLET,
à Condé-sur-Noireau, France,
pour le compte des Éditions Zoé
Composition CW Design, Belgique